十方世界，自在生活

季羡林 著

中国出版集团　现代出版社

图书在版编目（CIP）数据

十方世界，自在生活 / 季羡林著.—北京：现代出版社，2019.7
ISBN 978-7-5143-7622-7

Ⅰ.①十… Ⅱ.①季… Ⅲ.①散文集—中国—当代 Ⅳ.①I267

中国版本图书馆CIP数据核字(2019)第117622号

十方世界，自在生活

作　　者：	季羡林
责任编辑：	申　晶
出版发行：	现代出版社
通信地址：	北京市安定门外安华里504号
邮政编码：	100011
电　　话：	010-64267325　010-64245264（兼传真）
网　　址：	www.1980xd.com
电子邮箱：	xiandai@cnpitc.com.cn
印　　刷：	三河市宏盛印务有限公司

开　　本：	880mm×1230mm　1/32	印　　张：	7.25
版　　次：	2019年7月第1版	印　　次：	2019年7月第1次印刷
字　　数：	157千字		
书　　号：	ISBN 978-7-5143-7622-7		
定　　价：	49.80元		

版权所有，翻印必究；未经许可，不得转载

目录 / Contents

第一讲　人生的意义与价值

人生的意义与价值　002

人　生　005

再谈人生　007

三论人生　009

第二讲　做真实的自己

做真实的自己　012

我写我　014

我的心是一面镜子　017

一个老知识分子的心声　048

第三讲　不完满才是人生

不完满才是人生　056

八十述怀 059

求仁而得仁，又何怨 064

时　间 067

第四讲　人间自有真情在

赋得永久的悔 072

寸草心 079

元旦思母 087

夜来香开花的时候 089

温馨的回忆 100

第五讲　一寸光阴不可轻

一寸光阴不可轻 104

勤奋、天才（才能）与机遇 107

抓住一个问题终生不放 109

成　功 111

第六讲　天下第一好事还是读书

天下第一好事还是读书　116

坐拥书城意未足　119

藏书与读书　121

开卷有益　123

对我影响最大的几本书　126

我最喜爱的书　129

第七讲　容忍是一种美德

容　忍　134

世态炎凉　136

温馨，家庭不可或缺的气氛　138

谈礼貌　141

糊涂一点　潇洒一点　143

第八讲　怡情养性自怡然

晨　趣　148

咪咪二世　151

清塘荷韵　153

芝兰之室　158

石榴花　160

第九讲　人到无求品自高

九十述怀　166

反躬自省　176

三辞桂冠　185

九三述怀　197

第十讲　养生无术是有术

养生无术是有术　204

长寿之道　206

老年十忌　208

长生不老　224

第一讲

人生的意义与价值

人生的意义与价值

当我还是一个青年大学生的时候,报刊上曾刮起一阵讨论人生的意义与价值的微风,文章写了一些,议论也发表了一通。我看过其中一些文章,但自己并没有参加进去。原因是,有的文章不知所云,我看不懂。更重要的是,我认为这种讨论本身就无意义,无价值,不如实实在在地干几件事好。

时光流逝,一转眼,自己已经到了望九之年,活得远远超过了我的预算。有人认为长寿是福,我看也不尽然。人活得太久了,对人生的种种相,众生的种种相,看得透透彻彻,反而鼓舞时少,叹息时多。远不如早一点离开人世这个是非之地,落一个耳根清净。

那么,长寿就一点好处都没有吗?也不是的。这对了解人生的意义与价值,会有一些好处的。

根据我个人的观察,对世界上绝大多数人来说,人生一无意义,二无价值。他们也从来不考虑这样的哲学问题。走运时,手里攥满了钞票,白天两顿美食城,晚上一趟卡拉OK,玩一点小权术,耍一点小聪明,甚至恣睢骄横,飞扬跋扈,昏昏沉沉,浑浑噩噩,等到钻入了骨灰盒,也不明白自己为什么活过一生。

其中不走运的则穷困潦倒，终日为衣食奔波，愁眉苦脸，长吁短叹。即使日子还能过得去的，不愁衣食，能够温饱，然而也终日忙忙碌碌，被困于名缰，被缚于利索。同样是昏昏沉沉，浑浑噩噩，不知道为什么活过一生。

对这样的芸芸众生，人生的意义与价值从何处谈起呢？

我自己也属于芸芸众生之列，也难免浑浑噩噩，并不比任何人高一丝一毫。如果想勉强找一点区别的话，那也是有的：我，当然还有一些别的人，对人生有一些想法，动过一点脑筋，而且自认这些想法是有点道理的。

我有些什么想法呢？话要说得远一点。当今世界上战火纷飞，人欲横流，"黄钟毁弃，瓦釜雷鸣"，是一个十分不安定的时代。但是，对于人类的前途，我始终是一个乐观主义者。我相信，不管还要经过多少艰难曲折，不管还要经历多少时间，人类总会越变越好的，人类大同之域决不会仅仅是一个空洞的理想。但是，想要达到这个目的，必须经过无数代人的共同努力。有如接力赛，每一代人都有自己的一段路程要跑。又如一条链子，是由许多环组成的，每一环从本身来看，只不过是微不足道的一点东西；但是没有这一点东西，链子就组不成。在人类社会发展的长河中，我们每一代人都有自己的任务，而且是绝非可有可无的。如果说人生有意义与价值的话，其意义与价值就在这里。

但是，这个道理在人类社会中只有少数有识之士才能理解。鲁迅先生所称之"中国的脊梁"，指的就是这种人。对于那些肚子里吃满了肯德基、麦当劳、比萨饼，到头来终不过是浑浑噩噩的人来说，有如夏虫不足以语冰，这些道理是没法谈的。他们无法理解自己对人类发展所应当承担的责任。

话说到这里,我想把上面说的意思简短扼要地归纳一下:如果人生真有意义与价值的话,其意义与价值就在于对人类发展的承上启下、承前启后的责任感。

1995 年

人　生

在一个"人生漫谈"的专栏（指作者1996年起在上海《新民晚报》副刊"夜光杯"开设的个人专栏）中，首先谈一谈人生，似乎是理所当然的，未可厚非的。

而且我认为，对于我来说，这个题目也并不难写。我已经到了望九之年，在人生中已经滚了八十多个春秋了。一天天面对人生，时时刻刻面对人生，让我这样一个世故老人来谈人生，还有什么困难呢？岂不是易如反掌吗？

但是，稍微进一步一琢磨，立即出了疑问：什么叫人生呢？我并不清楚。

不但我不清楚，我看芸芸众生中也没有哪一个人真清楚的。古今中外的哲学家谈人生者众矣。什么人生意义，又是什么人生的价值，花样繁多，扑朔迷离，令人眼花缭乱；然而他们说了些什么呢？恐怕连他们自己也是越谈越糊涂。以己之昏昏，焉能使人昭昭！

哲学家的哲学，至矣高矣。但是，恕我大不敬，他们的哲学同吾辈凡人不搭界，让这些哲学，连同它们的"家"，坐在神圣的殿堂里去独现辉煌吧！像我这样一个凡人，吃饱了饭没事儿的时候，有时也会想到人生问题。我觉得，我们"人"的"生"，都绝对是被动的。没有哪一个人能先制订一个诞生计划，然后再下生，一步步让计划实现。只有一个人是例外，他就是佛祖释迦牟尼。他住在天上，忽然想降生人寰，超度众生。先考虑要降生的国家，再考虑要降生的父母。考虑周详之后，才从容下降。但他是佛祖，不是吾辈凡人。

吾辈凡人的诞生，无一例外，都是被动的，一点主动也没有。我们糊里糊涂地降生，糊里糊涂地成长，有时也会糊里糊涂地夭折，当然也会糊里糊涂地寿登耄耋，像我这样。

生的对立面是死。对于死，我们也基本上是被动的。我们只有那么一点主动权，那就是自杀。但是，这点主动权却是不能随便使用的。除非万不得已，是决不能使用的。

我在上面讲了那么些被动，那么些糊里糊涂，是不是我个人真正欣赏这一套，赞扬这一套呢？否，否，我决不欣赏和赞扬。我只是说了一点实话而已。

正相反，我倒是觉得，我们在被动中，在糊里糊涂中，还是能够有所作为的。我劝人们不妨在吃饱了燕窝鱼翅之后，或者在吃糠咽菜之后，或者在卡拉OK、高尔夫之后，问一问自己：你为什么活着？活着难道就是为了恣睢地享受吗？难道就是为了忍饥受寒吗？问了这些简单的问题之后，会使你头脑清醒一点，会减少一些糊涂。谓予不信，请尝试之。

1996年11月9日

再谈人生

人生这样一个变幻莫测的万花筒，用千把字来谈，是谈不清楚的。所以来一个"再谈"。

这一回我想集中谈一下人性的问题。

大家知道，中国哲学史上，有一个不大不小的争论问题：人是性善，还是性恶？这两个提法都源于儒家。孟子主性善，而荀子主性恶。争论了几千年，也没有争论出一个名堂来。

记得鲁迅先生说过："人的本性是，一要生存，二要温饱，三要发展。"（记错了，由我负责）这同中国古代一句有名的话，精神完全是一致的："食色，性也。"食是为了解决生存和温饱的问题，色是为了解决发展问题，也就是所谓传宗接代。

我看，这不仅仅是人的本性，而且是一切动植物的本性。试放眼观看大千世界，林林总总，哪一个动植物不具备上述三个本能？动物姑且不谈，只拿距离人类更远的植物来说，"桃李无言"，它们不但不能行动，连发声也发不出来。然而，它们求生存和发展的欲望，却表现得淋漓尽致。桃李等结甜果子的植物，为什么结甜果子呢？无非是想让人和其他能行动的动物吃了甜果子把核带到远的或近的其他地方，落在地上，生入土中，能发芽、开花、结果，达到发展，即传宗接代的目的。

你再观察，一棵小草或其他植物，生在石头缝中，或者甚至压在石头块下，缺水少光，但是它们却以令人震惊得目瞪口呆的毅力，冲破了身上的重压，弯弯曲曲地、忍辱负重地长了出来，由细弱变为强硬，由一根细苗甚至变成一棵大树，再作为一个独立体，继续顽强地实现那三种本性。"下自成蹊"，就是"无言"的结果吧。

你还可以观察，世界上任何动植物，如果放纵地任其发挥自己的本性，则在不太长的时间内，哪一种动植物也能长满塞满我们生存的这一个小小的星球——地球。那些已绝种或现在濒临绝种的动植物，属于另一个范畴，另有其原因，我以后还会谈到。

那么，为什么到现在还没有哪一种动植物——包括万物之灵的人类在内——能塞满了地球呢？

在这里，我要引老子的话："天地不仁，以万物为刍狗。"是造化小儿——谁也不知道，他究竟有没有？他究竟是什么样子？我不信什么上帝，什么天老爷，什么大梵天，宇宙间没有他们存在的地方。

但是，冥冥中似乎应该有这一类的东西，是他或它巧妙计算，不让动植物的本性光合得逞。

1996 年 11 月 12 日

三论人生

上一篇《再论》戛然而止,显然没有能把话说完,所以再来一篇《三论》。

造化小儿对禽兽和人类似乎有点区别对待的意思。它给你生存的本能,同时又遏制这种本能,方法或者手法颇多。制造一个对立面似乎就是手法之一,比如制造了老鼠,又制造它的天敌猫。

对于人类,它似乎有点优待。它先赋予人类思想(动物有没有思想和言语是一个有争论的问题),又赋予人类良知良能。关于人类本性,我在上面已经谈到。我不大相信什么良知,什么"恻隐之心,人皆有之";但是我又无从反驳。古人说:"人之所以异于禽兽者几希。""几希"者,极少极少之谓也。即使是极少极少,总还是有的。我个人胡思乱想,我觉得,在对待生物的生存、温饱、发展的本能的态度上,就存在着一点点"几希"。

我们观察,老虎、狮子等猛兽,饿了就要吃别的动物,包括人在内。它们决没有什么恻隐之心,决没有什么良知。吃的时候,它们也决不会像人吃人的时候那样,有时还会捏造一些我必须吃你的道理,做好"思想工作"。它们只是吃开了,吃饱为止。人类则有所不同。人与人当然也不会完全一样。有的人确实能够遏制自己的求生本能，表现出一定的良知和一定的恻隐之心。古往今来的许多仁人志士，都是这方面的好榜样。他们为什么能为国捐躯？为什么能为了救别人而牺牲自己的性命？鲁迅先生所说的"中国的脊梁"，就是这样的人。孟子所谓的"浩然之气"，只有这样的人能有。禽兽中是决不会有什么"脊梁"，有什么"浩然之气"的，这就叫作"几希"。

但是人也不能一概而论，有的人能够做到，有的人就做不到。像曹操说："宁教我负天下人，休教天下人负我！"他怎能做到这一步呢？

说到这里，就涉及伦理道德问题。我没有研究过伦理学，不知道怎样给道德下定义。我认为，能为国家，为人民，为他人着想而遏制自己的本性的，就是有道德的人。能够百分之六十为他人着想，百分之四十为自己着想，他就是一个及格的好人。为他人着想的百分比越高越好，道德水平越高。百分之百，所谓"毫不利己，专门利人"的人是绝无仅有。反之，为自己着想而不为他人着想的百分比，越高越坏。到了曹操那样，就算是坏到了顶。毫不利人，专门利己的人，普天之下倒是不老少的。说这话，有点泄气。无奈这是事实，我有什么办法？

1996 年 11 月 13 日

第二讲

做真实的自己

做真实的自己

在人的一生中,思想感情的变化总是难免的。连寿命比较短的人都无不如此,何况像我这样寿登耄耋的老人!

我们舞笔弄墨的所谓"文人",这种变化必然表现在文章中。到了老年,如果想出文集的话,怎样来处理这样一些思想感情前后有矛盾,甚至天翻地覆的矛盾的文章呢?这里就有两种办法。在过去,有一些文人,悔其少作,竭力掩盖自己幼年挂屁股帘的形象,尽量删削年轻时的文章,使自己成为一个一生一贯正确,思想感情总是前后一致的人。

我个人不赞成这种做法,认为这有点作伪的嫌疑。我主张,一个人一生是什么样子,年轻时怎样,中年怎样,老年又怎样,都应该如实地表达出来。在某一阶段上,自己的思想感情有了偏颇,甚至错误,决不应加以掩饰,而应该堂堂正正地承认。这样的文章决不应任意删削或者干脆抽掉,而应该完整地加以保留,以存真相。

在我的散文和杂文中,我的思想感情前后矛盾的现象,是颇能找出一些来的。比如对中国社会某一个阶段的歌颂,对某一个人的崇拜与歌颂,在写作的当时,我是真诚的;后来感到一点失望,我也是真诚的。这些文章，我都毫不加以删改，统统保留下来。不管现在看起来是多么幼稚，甚至多么荒谬，我都不加掩饰，目的仍然是存真。

像我这样性格的一个人，我是颇有点自知之明的。我离一个社会活动家，是有相当大的距离的。我本来希望像我的老师陈寅恪先生那样，淡泊以明志，宁静以致远，不求闻达，毕生从事学术研究，又绝不是不关心国家大事，绝不是不爱国，那不是中国知识分子的传统。然而阴差阳错，我成了现在这样一个人。应景文章不能不写，写序也推脱不掉，"春花秋月何时了，开会知多少"，会也不得不开。事与愿违，尘根难断，自己已垂垂老矣，改弦更张，只有俟诸来生了。

1995 年 3 月 18 日

我写我

我写我，真是一个绝妙的题目；但是，我的文章却不一定妙，甚至很不妙。

每一个人都有一个"我"，二者亲密无间，因为实际上是一个东西。按理说，人对自己的"我"应该是十分了解的；然而，事实上却不尽然。依我看，大部分人是不了解自己的，都是自视过高的。这在人类历史上竟成了一个哲学上的大问题。否则古希腊哲人发出狮子吼："要认识你自己！"岂不成了一句空话吗？

我认为，我是认识自己的，换句话说，是有点自知之明的。我经常像鲁迅先生说的那样剖析自己。然而结果并不美妙，我剖析得有点过了头，我的自知之明过了头，有时候真感到自己一无是处。

这表现在什么地方呢？

拿写文章做一个例子。专就学术文章而言，我并不认为"文章是自己的好"。我真正满意的学术论文并不多。反而别人的学术文章，包括一些青年后辈的文章在内，我觉得是好的。为什么会出现这种心情呢？我还没得到答案。

再谈文学作品。在中学时，虽然小伙伴们曾赠我一个"诗人"

的绰号,实际上我没有认真写过诗。至于散文,则是写的,而且已经写了六十多年。加起来也有七八十万字了。然而自己真正满意的也屈指可数。在另一方面,别人的散文就真正觉得好的也十分有限。这又是什么原因呢?我也还没得到答案。

在品行的好坏方面,我有自己的看法。什么叫好?什么又叫坏?我不通伦理学,没有深邃的理论,我只能讲几句大白话。我认为,只替自己着想,只考虑个人利益,就是坏。反之能替别人着想,考虑别人的利益,就是好。为自己着想和为别人着想,后者能超过一半,他就是好人。低于一半,则是不好的人;低得过多,则是坏人。

拿这个尺度来衡量一下自己,我只能承认自己是一个好人。我尽管有不少的私心杂念,但是总体来看,我考虑别人的利益还是多于一半的。至于说真话与说谎,这当然也是衡量品行的一个标准。我说过不少谎话,因为非此则不能生存。但是我还是敢于讲真话的。我的真话总是大大地超过谎话。因此我是一个好人。

我这样一个自命为好人的人,生活情趣怎样呢?我是一个感情充沛的人,也是兴趣不老少的人。然而事实上生活了八十年以后,到头来自己都感到自己枯燥乏味,干干巴巴,好像一棵枯树,只有树干和树枝,而没有一朵鲜花,一片绿叶。自己搞的所谓学问,别人称之为"天书"。自己写的一些专门的学术著作,别人视之为神秘。年届耄耋,过去也曾有过一些幻想,想在生活方面改弦更张,减少一点枯燥,增添一点滋润,在枯枝粗干上开出一点鲜花,长上一点绿叶;然而直到今天,仍然是忙忙碌碌,有时候整天连轴转,"为他人作嫁衣裳",而且退休无日,路穷有期,可叹亦复可笑!

我这一生，同别人差不多，阳关大道，独木小桥，都走过跨过。坎坎坷坷，弯弯曲曲，一路走了过来。我不能不承认，我运气不错，所得到的成功，所获得的虚名，都有点名不副实。在另一方面，我的倒霉也有非常人所可得者。在那骇人听闻的所谓什么"大革命"中，因为敢于仗义执言，几乎把老命赔上。皮肉之苦也是永世难忘的。

　　现在，我的人生之旅快到终点了。我常常回忆八十年来的历程，感慨万端。我曾问过自己一个问题：如果真有那么一个造物主，要加恩于我，让我下一辈子还转生为人，我是不是还走今生走的这一条路？经过了一些思虑，我的回答是：还要走这一条路。但是有一个附带条件：让我的脸皮厚一些，让我的心黑一点，让我考虑自己的利益多一点，让我自知之明少一点。

1992 年 11 月 16 日

我的心是一面镜子

我生也晚,没有能看到 20 世纪的开始。但是,时至今日,再有 7 年,21 世纪就来临了。从我目前的身体和精神两个方面来看,我能看到两个世纪的交接,是丝毫也没有问题的。在这个意义上来讲,我也可以说是与 20 世纪共始终了,因此我有资格写"我与中国 20 世纪"。

对时势的推移来说,每一个人的心都是一面镜子。我的心当然也不会例外。我自认为是一个颇为敏感的人,我这一面心镜,虽不敢说是纤毫毕现,然确实并不迟钝。我相信,我的镜子照出了 20 世纪长达 90 年的真实情况,是完全可以依赖的。

我生在 1911 年辛亥革命那一年。我生下两个月零四天以后,那一位"末代皇帝",就从宝座上被请了下来。因此,我常常戏称自己是"清朝遗少"。到了我能记事儿的时候,还有时候听乡民肃然起敬地谈到北京的"朝廷"(农民口中的皇帝),仿佛他们仍然高踞宝座之上。我不理解什么是"朝廷",他似乎是人,又似乎是神,反正是极有权威、极有力量的一种动物。

这就是我的心镜中照出的清代残影。

我的家乡山东清平县（现归临清市）是山东有名的贫困地区。我们家是一个破落的农户。祖父母早亡，我从来没见过他们。祖父之爱我是一点也没有尝到过的。他们留下了三个儿子，我父亲行大（在大排行中行七）。两个叔父，最小的一个无父无母，送了人，改姓刁，剩下的两个，上无怙恃，孤苦伶仃，寄人篱下，其困难情景是难以言说的。恐怕哪一天也没有吃过饱饭。饿得没有办法的时候，兄弟俩就到村南枣树林子里去，捡掉在地上的烂枣，聊以果腹。这一段历史我并不清楚，因为兄弟俩谁也没有对我讲过。大概是因为太可怕，太悲惨，他们不愿意再揭过去的伤疤，也不愿意让后一代留下让人惊心动魄的回忆。

但是，乡下无论如何是待不下去了，待下去只能成为饿殍。不知道怎么一来，兄弟俩商量好，到外面大城市里去闯荡一下，找一条活路。最近的大城市只有山东首府济南。兄弟俩到了那里，两个毛头小伙子，两个乡巴佬，到了人烟稠密的大城市里，举目无亲。他们碰到多少困难，遇到多少波折。这一段历史我也并不清楚，大概是出于同一个原因，他们谁也没有对我讲过。

后来，叔父在济南立定了脚跟，至多也只能像是石头缝里的一棵小草，艰难困苦地挣扎着。于是兄弟俩商量，弟弟留在济南挣钱，哥哥回家务农，希望有朝一日，混出点名堂来，即使不能衣锦还乡，也得让人另眼相看，为父母和自己争一口气。

但是，务农要有田地，这是一个最简单的常识。可我们家所缺的正是田地这玩意儿。大概我祖父留下了几亩地，父亲就靠这个来维持生活。至于他怎样侍弄这点儿地，又怎样成的家，这一段历史对我来说又是一个谜。

我就是在这时候来到人间的。

天无绝人之路。正在此时或稍微前一点，叔父在济南失了业，流落在关东。用身上仅存的钱买了湖北水灾奖券，结果中了头奖，据说得到了几千两银子。我们家一夜之间成了暴发户。父亲买了60亩带水井的地。为了耀武扬威起见，要盖大房子。一时没有砖，他便昭告全村：谁愿意拆掉自己的房子，把砖卖给他，他肯出几十倍高的价钱。俗话说："重赏之下，必有勇夫。"别人的房子拆掉，我们的房子盖成。东、西、北房各五大间。大门朝南，极有气派。兄弟俩这一口气总算争到了。

然而好景不长，我父亲是乡村中朱家、郭解一流的人物，仗"义"施财，忘乎所以。有时候到外村去赶集，他一时兴起，全席棚里喝酒吃饭的人，他都请了客。据说，没过多久，60亩上好的良田被卖掉，新盖的房子也把东房和北房拆掉，卖了砖瓦。这些砖瓦买进时似黄金，卖出时似粪土。

一场春梦终成空。我们家又成了破落户。

在我能记事儿的时候，我们家已经穷到了相当可观的程度。一年大概只能吃一两次"白的"（指白面），吃得最多的是红高粱饼子，棒子面饼子也成为珍品。我在春天和夏天，割了青草，或擗了高粱叶，背到二大爷家里，喂他的老黄牛，赖在那里不走，等着吃上一顿棒子面饼子，打一打牙祭。夏天和秋天，对门的宁大婶和宁大姑总带我到外村的田地里去拾麦子和豆子，把拾到的可怜兮兮的一把麦子或豆子交给母亲。不知道积攒多少次，才能勉强打出点麦粒，磨成面，吃上一顿"白的"。我当然觉得如吃龙肝凤髓。但是，我从来不记得母亲吃过一口。她只是坐在那里，瞅着我吃，眼里好像有点潮湿。我当时哪里能理解母亲的心情呀！但是，我也隐隐约约地立下一个决心：有朝一日，将来长大了，也让母亲吃点"白的"。可是，"树欲静而风不止，子欲养而亲不待"。还没有等到我有能力让母亲吃"白的"，母亲竟舍我而去，留下了我一个终生难补的心灵伤痕，抱恨终天！

我们家，我父亲一辈，大排行兄弟11个。有6个因为家贫，下了关东。从此音讯杳然。留下的只有5个，一个送了人，我上面已经说过。这5个人中，只有大大爷有一个儿子，不幸早亡，我从来没有见过他。我生下以后，就成了唯一的一个男孩子。在封建社会里，这意味着什么，大家自然能理解。在济南的叔父只有一个女儿。于是兄弟俩一商量，要把我送到济南。当时母亲什么心情，我太年幼，完全不能理解。很多年以后，我才听人告诉我说，母亲曾说过："要知道一去不回头的话，我拼了命也不放那孩子走！"这一句不是我亲耳听到的话，却终生回荡在我耳边。"谁言寸草心，报得三春晖"。

我终于离开了家，当年我6岁。

一个人的一生难免稀奇古怪。个人走的路有时候并不由自己来决定，假如我当年留在家里，走的路是一条贫农的路。生活可能很苦，但风险决不会大。我今天的路怎样呢？我广开了眼界，认识了世界，认识了人生，获得了虚名。我曾走过阳关大道，也曾走过独木小桥；坎坎坷坷，又颇顺顺当当，一直走到了耄耋之年。如果当年让我自己选择道路的话，我究竟要选哪一条呢？慨难言矣！

离开故乡时，我的心镜中留下的是一幅一个贫困至极的、一时走了运、立刻又垮下来的农村家庭的残影。

到了济南以后,我眼前换了一个世界。不用说别的,单说见到济南的山,就让我又惊又喜。我原以为山只不过是一个个巨大无比的石头柱子。

叔父当然非常关心我的教育,我是季家唯一的传宗接代的人。我上过大概一年的私塾,就进了新式的小学校,济南一师附小。一切都比较顺利。五四运动波及了山东。一师校长是新派人物,首先采用了白话文教科书。国文教科书中有一篇寓言,名叫《阿拉伯的骆驼》,故事讲的是得寸进尺,是国际上流行的。无巧不成书,这一篇课文偏偏让叔父看到了,他勃然变色,大声喊道:"骆驼怎么能说话呀!这简直是胡闹!赶快转学!"于是我就转到了新育小学。当时转学好像是非常容易,似乎没有走什么后门就转了过来。只举行一次口试,教员写了一个"骡"字,我认识,我的比我大两岁的亲戚不认识。我直接插入高一,而他则派进初三。一字之差,我硬是沾了一年的光。这就叫作人生!最初课本还是文言,后来则也随时代潮流改了白话,不但骆驼能说话,连乌龟、蛤蟆都说起话来,叔父却置之不管了。

叔父是一个非常有天才的人。他并没有受过什么正规教育。在颠沛流离中,完全靠自学,获得了知识和本领。他能作诗,能填词,能写字,能刻图章。中国古书也读了不少。按照他的出身,他无论如何也不应该对宋明理学发生兴趣,然而他竟然发生了兴趣,而且还极为浓烈,非同一般。这件事我至今大惑不解。我每看到他正襟危坐,威仪俨然,在读《皇清经解》一类十分枯燥的书时,我都觉得滑稽可笑。

这当然影响了对我的教育。我这一根季家的独苗,他大概想要我诗书传家。《红楼梦》、《三国演义》、《水浒传》等,他都认为是"闲书",绝对禁止看。大概出于一种逆反心理,我爱看的偏是这些书。中国旧小说,包括《金瓶梅》、《西厢记》等几十种,我都偷着看了个遍。放学后不回家,躲在砖瓦堆里看,在被窝里用手电照着看。这样大概过了有几年的时间。

叔父的教育则是另外一回事。在正谊时,他出钱让我在下课后跟一个国文老师念古文,连《左传》等都念。回家后,吃过晚饭,立刻又到尚实英文学社去学英文,一直到深夜。这样天天连轴转,也有几年的时间。

叔父相信"中学为体",这是可以肯定的。但是是否也相信"西学为用"呢?这一点我说不清楚。反正当时社会上都认为,学点洋玩意儿是能够升官发财的。这是一种实用主义的"崇洋","媚外"则不见得。叔父心目中"夷夏之辨"是很显然的。

大概是1926年,我在正谊中学毕了业,考入设在北园白鹤庄的山东大学附设高中文科去念书。这里的教员可谓极一时之选。国文教员王崑玉先生,英文教员尤桐先生、刘先生和杨先生,数学教员王先生,史地教员祁蕴璞先生,伦理学教员鞠思敏先生(正谊中学校长),伦理学教员完颜祥卿先生(一中校长),还有教经书的"大清国"先生(因为诨名太响亮,真名忘记了),另一位是前清翰林。两位先生教《书经》、《易经》、《诗经》,上课从不带课本,四书五经连注都能背诵如流。这些教员全是佼佼者。再加上学校环境有如仙境,荷塘四布,垂柳蔽天,是念书再好不过的地方。

我有意识地认真用功，是从这里开始的。我是一个很容易受环境支配的人。在小学和初中时，成绩不能算坏，总在班上前几名，但从来没有考过甲等第一。我毫不在意，照样钓鱼、摸虾。到了高中，国文作文无意中受到了王崑玉先生的表扬，英文是全班第一。其他课程考个高分并不难，只需稍稍一背，就能应付裕如。结果我生平第一次考了一个甲等第一，平均分数超过95分，是全校唯一的一个学生。当时山大校长兼山东教育厅长、前清状元王寿彭，亲笔写了一副对联和一个扇面奖给我。这样被别人一指，我的虚荣心就被抬起来了。从此认真注意考试名次，再不掉以轻心。结果两年之内，4次期考，我考了4个甲等第一，威名大震。

在这一段时间内，外界并不安宁。军阀混战，鸡犬不宁。直奉战争、直皖战争，时局瞬息万变，"你方唱罢我登场"。有一年山大祭孔，我们高中学生受命参加。我第一次见到当时的奉系山东土匪督军——不知道自己有多少兵、多少钱和多少姨太太的张宗昌，他穿着长袍、马褂，匍匐在地，行叩头大礼。此情此景，至今犹在眼前。

到了1928年，蒋介石假"革命"之名，打着孙中山先生的招牌，算是一股新力量，从广东北伐，以雷霆万钧之力，一路扫荡，宛如劲风卷残云，大军占领了济南。此时，日本军国主义分子想趁火打劫，出兵济南，酿成了有名的"五三惨案"。高中关了门。在这一段时间内，我的心镜中照出来的影子是封建又兼维新的教育再加上军阀混战。

日寇占领了济南，国民党军队撤走。学校都不能开学。我过了一年临时亡国奴生活。

此时日军当然是全济南至高无上的唯一的统治者。同一切非正义的统治者一样，他们色厉内荏，十分害怕中国老百姓，简直害怕到风声鹤唳、草木皆兵的程度。天天如临大敌，常常搞一些突然袭击，到居民家里去搜查。我们一听到日军到附近某地来搜查了，家里就像开了锅。有人主张关上大门，有人坚决反对。前者说：不关门，日本兵会说："你怎么这样大胆呀！竟敢双门大开！"于是捅上一刀。后者则说：关门，日本兵会说："你们一定有见不得人的勾当；不然的话，皇军驾到，你们应该开门恭迎嘛！"于是捅上一刀。结果是，一会儿开门，一会儿又关上，如坐针毡，又如热锅上的蚂蚁。此情此景，非亲身经历者，是决不能理解的。

我还有一段个人经历。我无学可上，又深知日本人最恨中国学生，在山东焚烧日货的"罪魁祸首"就是学生。我于是剃光了脑袋，伪装是商店的小徒弟。有一天，走在东门大街上，迎面来了一群日军，检查过往行人。我知道，此时万不能逃跑，一定要镇定，否则刀枪无情。我貌似坦然地走上前去。一个日兵搜我的全身，发现我腰里扎的是一条皮带。他如获至宝，发出狞笑，说道："你的，狡猾的大大地。你不是学徒，你是学生。学徒的，是不扎皮带的！"我当头挨了一棒，幸亏还没有全昏过去，我向他解释：现在小徒弟们也发了财，有的能扎皮带了。他坚决不信。正在争论的时候，另外一个日军走了过来，大概是比那一个高一级的，听了那个日军的话，似乎有点不耐烦，一摆手："让他走吧！"我于是死里逃生，从阴阳界上又转了回来。我身上出了多少汗，只有我自己知道。

在这一年内，我心镜上照出的是临时或候补亡国奴的影像。

1929年，日军撤走，国民党重进。我在求学的道路上，从此开辟了一个新天地。

此时，北园高中关了门，新成立了一所山东省济南高中，是全省唯一的一所高级中学。我没有考试，就入了学。

校内换了一批国民党的官员，"党"气颇浓，令人生厌。但是总的精神面貌却是焕然一新。最明显不过的是国文课。"大清国"没有了，经书不念了，文言作文改成了白话。国文教员大多是当时颇为著名的新文学家。我的第一个国文教员是胡也频烈士。他很少讲正课，每一堂都是宣传"现代文艺"，亦名"普罗文学"，也就是无产阶级文学。一些青年，其中也有我，大为兴奋，公然在宿舍门外摆上桌子，号召大家参加"现代文艺研究会"，还准备出刊物。我为此写了一篇文章，叫作《现代文艺的使命》，里面生吞活剥抄了一些从日文译过来的所谓马克思主义文艺理论的文句。译文像天书，估计我也看不懂，但是充满了革命义愤和口号的文章，却堂而皇之地写成了。文章还没有来得及刊出，国民党通缉胡先生，他慌忙逃往上海，一两年后被国民党杀害。我的革命梦像肥皂泡似的破灭了，从此再也没有"革命"，一直到了新中国成立。

接胡先生的是董秋芳（冬芬）先生。他算是鲁迅的小友，北京大学毕业，翻译了一本《争自由的波浪》，有鲁迅写的序。不知道怎样一来，我写的作文得到了他的垂青，他发现了我的写作"天才"，认为是全班、全校之冠。我有点飘飘然，是很自然的。到现在，在60年漫长的过程中，不管我搞什么样的研究工作，写散文的笔从来没有放下过。写得好坏，姑且不论。对我自己来说，文章能抒发我的感情，表露我的喜悦，缓解我的愤怒，激励我的志向。这样的好处已经算不少了。我永远怀念我这位尊敬的老师！

在这一年里，我的心镜照出来的仿佛是我的新生。

1930年夏天，我们高中一级的学生毕了业。几十个举子联合"进京赶考"。当时北京（北平）的大学五花八门，国立、私立、教会立，纷然杂陈。水平极端参差不齐，吸引力也就大不相同。其中最受尊重的，同今天完全一样，是北大与清华，两个"国立"大学。因此，全国所有的赶考的举子没有不报考这两所大学的。这两所大学就仿佛变成了龙门，门槛高得可怕。往往几十人中录取一个。被录取的金榜题名，鲤鱼变成了龙。我来投考的那一年，有一个山东老乡，已经报考了5次，次次名落孙山。这一年又同我们报考，也就是第六次，结果仍然榜上无名。他精神失常，一个人恍恍惚惚在西山一带漫游了7天，才清醒过来。他从此断了大学梦，回到了山东老家，后不知所终。

我当然也报了北大与清华。同别的高中同学不同的是，我只报这两个学校，仿佛极有信心——其实我当时并没有考虑这样多，几乎是本能地这样干了——别的同学则报很多大学，二流的、三流的、不入流的，有的人竟报到七八所之多。我一辈子考试的次数成百成千，从小学一直考到获得最高学位；但我考试的运气好，从来没有失败过。这一次又撞上了喜神，北大和清华我都被录取，一时成了人们羡慕的对象。

但是，北大和清华，对我来说，却成了鱼与熊掌。何去何从？一时成了挠头的问题。我左考虑，右考虑，总难以下这一步棋。当时"留学热"不亚于今天，我未能免俗。如果从留学这个角度来考虑，清华似乎有一日之长。至少当时人们都是这样看的。"吾从众"，终于决定了清华，入的是西洋文学系（后改名为外国语文系）。

在旧中国，清华西洋文学系名震神州。主要原因是教授几乎全是外国人，讲课当然用外国话，中国教授也多用外语（实际上就是英语）授课。这一点就具有极大的吸引力。夷考其实，外国教授几乎全部不学无术，在他们本国恐怕连中学都教不上。因此，在本系所有的必修课中，没有哪一门课我感到满意。反而是我旁听和选修的两门课，令我终生难忘，终身受益。旁听的是陈寅恪先生的"佛经翻译文学"，选修的是朱光潜先生的"文艺心理学"，就是美学。在本系中国教授中，叶公超先生教我们大一英文。他英文大概是好的，但有时故意不修边幅，好像要学习竹林七贤，给我没有留下好印象。吴宓先生的两门课"中西诗之比较"和"英国浪漫诗人"，给我留下了深刻的印象。

此外，我还旁听了或偷听了很多外系的课。比如朱自清、俞平伯、谢婉莹（冰心）、郑振铎等先生的课，我都听过，时间长短不等。在这种旁听活动中，我有成功，也有失败。最失败的一次，是同许多男同学，被冰心先生婉言赶出了课堂。最成功的是旁听西谛先生的课。西谛先生豁达大度，待人以诚，没有教授架子，没有行帮意识。我们几个年轻大学生——吴组缃、林庚、李长之，还有我自己——由听课而同他有了个人来往。他同巴金、靳以主编大型的《文学季刊》是当时轰动文坛的大事。他也竟让我们名不见经传的无名小卒，充当《季刊》的编委或特约撰稿人，名字赫然印在杂志的封面上，对我们来说这实在是无上的光荣。结果我们同西谛先生成了忘年交，终生维持着友谊，一直到1958年他在飞机失事中遇难。到了今天，我们一想到郑先生还不禁悲从中来。

此时政局是非常紧张的。蒋介石在拼命"安内"，日军已薄古北口，在东北兴风作浪，更不在话下。"九一八"后，我也曾参加清华学生卧轨绝食，到南京去请愿，要求蒋介石出兵抗日。我们满腔热血，结果被满口谎言的蒋介石捉弄，铩羽而归。

美丽安静的清华园也并不安静。国共两方的学生斗争激烈。此时，胡乔木（原名胡鼎新）同志正在历史系学习，与我同班。他在进行革命活动，其实也并不怎么隐蔽。每天早晨，我们洗脸盆里塞上的传单，就出自他之手。这是一个公开的秘密，尽人皆知。他曾有一次在深夜坐在我的床上，劝说我参加他们的组织。我胆小怕事，没敢答应。只答应到他主办的工人子弟夜校去上课，算是聊助一臂之力，稍报知遇之恩。

学生中国共两派的斗争是激烈的，详情我不得而知。我算是中间偏左的逍遥派，不介入，也没有兴趣介入这种斗争。不过据我的观察，两派学生也有联合行动，比如到沙河、清河一带农村中去向农民宣传抗日。我参加过几次，记忆中好像也有倾向国民党的学生参加。原因大概是，尽管蒋介石不抗日，青年学生还是爱国的多。在中国知识分子中，爱国主义的传统是源远流长的，根深蒂固的。

这几年，我们家庭的经济情况颇为不妙。每年寒暑假回家，返校时筹集学费和膳费，就煞费苦心。清华是国立大学，花费不多。每学期收学费40元；但这只是一种形式，毕业时学校把收的学费如数还给学生，供毕业旅行之用。不收宿费，膳费每月6块大洋，顿顿有肉。即使是这样，我也开支不起。我的家乡清平县，国立大学生恐怕只有我一个,视若"县宝",每年津贴我50元。另外,我还能写点文章,得点稿费,家里的负担就能够大大减轻。我就这样在颇为拮据的情况中度过了4年,毕了业,戴上租来的学士帽照过一张相,结束了我的大学生活。

当时流行着一个词儿,叫"饭碗问题",还流行着一句话,是"毕业即失业"。除了极少数高官显宦、富商大贾的子女以外,谁都会碰到这个性命交关的问题。我从三年级开始就为此伤脑筋。我面临着承担家庭主要经济负担的重任。但是,我吹拍乏术,奔走无门。夜深人静之时,自己脑袋里好像是开了锅,然而结果却是一筹莫展。

眼看快要到1934年的夏天,我就要离开学校了。真好像是大旱之年遇到甘霖,我的母校济南省高中校长宋还吾先生,托人邀我到母校去担任国文教员。月薪大洋160元,是大学助教的一倍。大概因为我发表过一些文章,我就被认为是文学家,而文学家都一定能教国文,这就是当时的逻辑。这一举真让我受宠若惊,但是我心里却打开了鼓:我是学西洋文学的,高中国文教员我当得了吗?何况我的前任是被学生"架"(当时学生术语,意思是"赶")走的,足见学生不易对付。我去无疑是自找麻烦,自讨苦吃,无异于跳火坑。我左考虑,右考虑,终于举棋不定,不敢答复。然而,时间是不饶人的。暑假就在眼前,离校已成定局,最后我咬了咬牙,横下了一条心:"你有勇气请,我就有勇气承担!"

于是在1934年秋天,我就成了高中的国文教员。校长待我是好的,同学生的关系也颇融洽。但是同行的国文教员对我却有挤对之意。全校3个年级,12个班,4个国文教员,每人教3个班。这

029

就来了问题：其他三位教员都比我年纪大得多，其中一个还是我的老师一辈，都是科班出身，教国文成了老油子，根本用不着备课。他们却每人教一个年级的3个班，备课只有一个头。我教三个年级剩下的那个班，备课有三个头，其困难与心里的别扭是显而易见的。所以在这一年里，收入虽然很好（160元的购买力约与今天的3200元相当），心情却是郁闷。眼前的留学杳无踪影，手中的饭碗飘忽欲飞。此种心情，实不足为外人道也。

但是，幸运之神（如果有的话）对我是垂青的。正在走投无路之际，母校清华大学同德国学术交换处签订了互派留学生的合同，我喜极欲狂，立即写信报了名，结果被录取。这比考上大学金榜题名的心情，又自不同，别是一番滋味在心头。积年愁云，一扫而空，一生幸福，一锤定音，仿佛金饭碗已经捏在手中。自己身上一镀金，则左右逢源，所向无前。我现在看一切东西，都发出玫瑰色的光泽了。

然而，人是不能脱离现实的。我当时的现实是：亲老、家贫、子幼，我又走到了我一生最大的一个歧路口上。何去何从？难以决定。这个歧路口，对我来说，意义真正是无比地大。不向前走，则命定一辈子当中学教员，饭碗还不一定经常能拿在手中，向前走，则会是另一番境界。"马前桃花马后雪，教人怎敢再回头？"

经过了痛苦的思想矛盾，经过了细致的家庭协商，决定向前迈步。好在原定期限只有两年，咬一咬牙就过来了。

我于是在1935年夏天离家，到北平和天津办理好出国手续，乘西伯利亚火车，经苏联，到了柏林。我自己的心情是：万里投荒第二人。

在这一段从大学到教书一直到出国的时期中，我的心镜中照见的是：蒋介石猖狂反共，日本军野蛮入侵，时局动荡不安，学生两极分化，这样一幅十分复杂矛盾的图像。

马前的桃花，远看异常鲜艳，近看则不见得。

我在柏林待了几个月，中国留学生人数颇多，认真读书者当然有之，终日鬼混者也不乏其人。国民党的大官，自蒋介石起，很多都有子女在德国"流学"。这些高级"衙内"看不起我，我更藐视这一群行尸走肉的家伙，羞与他们为伍。此地"信美非吾土"，到了深秋，我就离开柏林，到了小城又是科学名城的哥廷根。从此以后，在这里一住就是7年，没有离开过。

德国给我一月120马克，房租约占百分之四十多，吃饭也差不多。手中几乎没有余钱。同官费学生一个月800马克相比，真如小巫见大巫。我在德国住了那么久的时间，从来没有寒暑假休息，从来没有旅游，一则因为"阮囊羞涩"，二则珍惜寸阴，想多念一点书。

我不远万里而来，是想学习的。但是，学习什么呢？最初并没有一个十分清楚的打算。第一学期，我选了希腊文，样子是想念欧洲古典语言文学。但是，在这方面，我无法同德国学生竞争，他们在中学里已经学了8年拉丁文、6年希腊文。我心里彷徨起来。

到了1936年春季始业的那一学期，我在课程表上看到了瓦尔德施密特开的梵文初学课，我狂喜不止。在清华时，受了陈寅恪先生讲课的影响，就有志于梵学。但在当时，中国没有人开梵文课，现在竟于无意中得之，焉能不狂喜呢？于是我立即选了梵文课。在德国，要想考取哲学博士学位，必须修三个系，一主二副。我的主系是梵文、巴利文,两个副系是英国语言学和斯拉夫语言学。我从此走上了正规学习的道路。

1937年,我的奖学金期满。正在此时,日军发动了卢沟桥事变,虎视眈眈,意在吞并全中国和亚洲。我是望乡兴叹,有家难归。但是天无绝人之路,汉文系主任夏伦邀我担任汉语讲师,我实在像久旱逢甘霖,当然立即同意,走马上任。这个讲师工作不多,我照样当我的学生,我的读书基地仍然在梵文研究所,偶尔到汉学研究所来一下。这情况一直继续到1945年秋天我离开德国。

1939年,第二次世界大战正式开幕。我原以为像这样杀人盈野、积血成河的人类极端残酷的大搏斗,理应震撼三界,摇动五洲,使禽兽颤抖,使人类失色。然而,我有幸身临其境,只不过听到几次法西斯头子狂嚎——这在当时的德国是司空见惯的事——好像是春梦初觉,无声无息地就走进了战争。战争初期阶段,德军的胜利使德国人如疯如狂,对我则是一个打击。他们每胜利一次,我就在夜里服安眠药一次。积之既久,失眠成病,成了折磨我几十年的终生痼疾。

最初生活并没有怎样受到影响。慢慢地肉和黄油限量供应了,慢慢地面包限量供应了,慢慢地其他生活用品也限量供应了。在不知不觉中,生活的螺丝越拧越紧。等到人们明确地感觉到时,这螺丝已经拧得很紧很紧了,但是除了极个别的反法西斯的人以外,我没有听到老百姓说过一句怨言。德国法西斯头子统治有术,而德国人民也是一个十分奇特的民族,对我来说,简直是个谜。

后来战火蔓延,德国四面被封锁,供应日趋紧张。我天天挨饿,夜夜做梦,梦到中国的花生米。我幼无大志,连吃东西也不例外。有雄心壮志的人，梦到的一定是燕窝、鱼翅，哪能像我这样没出息的人只梦到花生米呢？饿得厉害的时候，我简直觉得自己是处在饿鬼地狱中，恨不能把地球都整个吞下去。

我仍然继续念书和教书。除了挨饿外，天上的轰炸最初还非常稀少。我终于写完了博士论文。此时瓦尔德施密特教授被征从军，他的前任已退休的老教授 Prof. E. Sieg（西克）替他上课。他用了几十年的时间读通了吐火罗文，名扬全球。按岁数来讲，他等于我的祖父。他对我也完全是一个祖父的感情。他一定要把自己全部拿手的好戏都传给我：印度古代语法，吠陀，而且不容我提不同意见，一定要教我吐火罗文。我趁瓦尔德施密特教授休假之机，通过了口试，布朗恩口试俄文的斯拉夫文，罗德尔口试英文。考试及格后，仍在西克教授指导下学习。我们天天见面，冬天黄昏，在积雪的长街上，我搀扶着年逾八旬的异国的老师，送他回家。我忘记了战火，忘记了饥饿，我心中只有身边这个老人。

我当然怀念我的祖国，怀念我的家庭。此时邮政早已断绝。杜甫诗："烽火连三月，家书抵万金。"我却是"烽火连三年，家书抵亿金"。事实上根本收不到任何信。这大大地加强了我的失眠症，晚上吞服的药量，与日俱增，能安慰我的只有我的研究工作。此时英美的轰炸已成家常便饭，我就是在饥饿与轰炸中写成了几篇论文。大学成了女生的天下，男生都抓去当了兵。过了没有多久，男生有的回来了，但不是缺一只手，就是缺一条腿。双拐击地的声音在教室大楼中往复回荡，形成了独特的合奏。

到了此时，前线屡战屡败，法西斯头子的牛皮虽然照样厚颜无耻地吹，然而已经空洞无力，有时候牛头不对马嘴。从我们外国人眼里来看，败局已定，任何人也回天无力了。

德国人民怎么样呢？经过我10年的观察与感受，我觉得，德国人不愧是世界上最优秀的人民之一。文化昌明，科学技术处于世界前列，大文学家、大哲学家、大音乐家、大科学家，近代哪一个民族也比不上。而且为人正直、淳朴，个个都是老实巴交的样子。在政治上，他们却是比较单纯的，真心拥护希特勒者占绝大多数。令我大惑不解的是，希特勒极端诬蔑中国人，视为文明的破坏者。按理说，我在德国应当遇到很多麻烦。然而，实际上，我却一点麻烦也没有遇到。听说，在美国，中国人很难打入美国人社会。可我在德国，自始至终就在德国人社会之中，我就住在德国人家中，我的德国老师，我的德国同学，我的德国同事，我的德国朋友，从来待我如自己人，没有丝毫歧视。这一点让我终生难忘。

这样一个民族现在怎样看待垂败的战局呢？他们很少跟我谈论战争问题，对生活的极端艰苦，轰炸的极端野蛮，他们好像都无动于衷，他们有点茫然、漠然。一直到1945年春，美国军队攻入哥廷根，法西斯彻底完蛋了，德国人仍然无动于衷，大有逆来顺受的意味，又仿佛当头挨了一棒，在茫然、漠然之外，又有点昏昏然、懵懵然。

惊心动魄的世界大战，持续了6年，现在终于闭幕了。我在惊魂甫定之余，顿时想到了祖国，想到了家庭。我离开祖国已经10年了，我在内心深处感到了祖国对我这个海外游子的召唤。几经交涉，美国占领军当局答应用吉普车送我们到瑞士去。我辞别德国师友时，心里十分痛苦，特别是西克教授，我看到这位耄耋老人面色凄楚，双手发颤，我们都知道，这是最后一面了。我连头也不敢回,眼里流满了热泪。我的女房东对我放声大哭。她儿子在外地,丈夫已死,我这一走,房子里空空洞洞,只剩下她一人。几年来她实际上是同我相依为命,而今以后,日子可怎样过呀!离开她时,我也是头也没有敢回,含泪登上美国吉普。我在心里套一首旧诗想成了一首诗:

留学德国已十霜,
归心日夜忆旧邦,
无端越境入瑞士,
客树回望成故乡。

这10年在我的心镜上照出的是法西斯统治,极端残酷的世界大战,游子怀乡的残影。

1945年10月,我们到了瑞士。在这里待了几个月。1946年春天,离开瑞士,经法国马赛,乘为法国运兵的英国巨轮,到了越南西贡。在这里待到夏天,又乘船经香港回到上海,别离祖国将近11年,现在终于回来了。

此时,我已经通过陈寅恪先生的介绍,胡适之先生、傅斯年先生和汤用彤先生的同意,到北大来工作。我写信给在英国剑桥大学任教的哥廷根旧友夏伦教授,谢绝了剑桥之聘,决定不再回欧洲。同家里也取得了联系,寄了一些钱回家。我感激叔父和婶母,以及我的妻子彭德华,他们经过千辛万苦,努力苦撑了11年,我们这个家才得以完整安康地留下来。

当时正值第二次革命战争激烈进行，交通中断，我无法立即回济南老家探亲。我在上海和南京住了一个夏天。在南京曾叩见过陈寅恪先生，到中央研究院拜见过傅斯年先生。1946年深秋，从上海乘船到秦皇岛，转乘火车，来到了暌别了11年的北平。深秋寂冷，落叶满街，我心潮起伏，酸甜苦辣，说不出来是什么滋味。阴法鲁先生到车站去接我们，把我暂时安置在北大红楼。第二天，会见了文学院长汤用彤先生。汤先生告诉我，按北大以及其他大学规定，得学位回国的学人，最高只能给予副教授职称，在南京时傅斯年先生也告诉过我同样的话。能到北大来，我已经心满意足，焉敢妄求？但是过了没有多久，大概只有个把礼拜，汤先生告诉我，我已被定为正教授兼东方语言文学系主任，时年35岁。当副教授时间之短，我恐怕是创了新纪录。这完全超出了我的想望。我暗下决心：努力工作，积极述作，庶不负我的老师和师辈培养我的苦心！

此时的时局却是异常恶劣的。以蒋介石为首的国民党，剥掉自己的一切画皮，贪污成性，贿赂公行，大搞"五子登科"，接收大员满天飞，法币天天贬值，搞了一套银圆券、金圆券之类的花样，毫无用处。人民生活在水深火热之中，大学教授也不例外。手中领到工资，一个小时以后，就能贬值。大家纷纷换银圆，换美元，用时再换成法币。每当手中攥上几个大头时，心里便暖乎乎的，仿佛得到了安全感。

在学生中，新旧势力的斗争异常激烈。国民党垂死挣扎，进步学生猛烈进攻。当时流传着一个说法：在北平有两个解放区，一个是北大的民主广场，一个是清华园。我住在红楼，有几次也受到了国民党北平市党部纠集的天桥流氓等闯进来捣乱的威胁。我们在夜里用桌椅封锁了楼口，严阵以待，闹得人心惶惶，我们觉得又可恨，又可笑。

但是，腐败的东西终究会灭亡的，这是一条人类和大自然进化的规律。1949年春，北京终于解放了。

在这三年中，我的心镜中照出的是黎明前的一段黑暗。

如果把我的一生分成两截的话，我习惯的说法是，前一截是旧社会，共38年。后一截是新社会，年数现在还没法确定，我一时还不想上八宝山，我无法给我的一生画上句号。

为什么要分为两截呢？一定是认为两个社会差别极大，非在中间划上鸿沟不行。实际上，我同当时留下没有出国或到台湾去的中老年知识分子一样，对共产党并不了解，对共产主义也不见得那么向往；但是对国民党我们是了解的。因此，解放军进城我们是欢迎的，我们内心是兴奋的，希望而且也觉得从此换了人间。新中国成立初期，政治清明，一团朝气，许多措施深得人心。旧社会留下的许多污泥浊水，荡涤一清。我们都觉得从此河清有日，幸福来到了人间。

但是，我们也有一个适应过程。别的比我年老的知识分子的真实心情，我不了解。至于我自己，我当时才40岁，算是刚刚进入中年，但是我心中需要克服的障碍就不老少。参加大会，喊"万岁"之类的口号，最初我张不开嘴。连脱掉大褂换上中山装这样的小事，都觉得异常别扭，他可知矣。

对我来说，这个适应过程并不长，也没有感到什么特殊的困难，我一下子像是变了一个人。觉得一切的一切都是美好的，都是善良的。我觉得天特别蓝，草特别绿，花特别红，山特别青。全中国仿佛开遍了美丽的玫瑰花，中华民族前途光芒万丈，我自己仿佛又年轻了10岁，简直变成了一个大孩子。开会时，游行时，喊口号，呼"万岁"，我的声音不低于任何人，我的激情不下于任何人。现在回想起来，那是我一生最愉快的时期。

但是，反观自己，觉得百无是处。我从内心深处认为自己是一个地地道道的"摘桃派"。中国人民站起来了，自己也跟着挺直了腰板。任何类似贾桂的思想，都一扫而空。我享受着"解放"的幸福，然而我干了什么事呢？我做出了什么贡献呢？我确实没有当汉奸，也没有加入国民党，没有屈服于德国法西斯。但是，当中华民族的优秀儿女把脑袋挂在裤腰带上，浴血奋战，壮烈牺牲的时候，我却躲在万里之外的异邦，在追求自己的名山事业。天下可耻事宁有过于此者乎？我觉得无比地羞耻。连我那一点所谓学问——如果真正有的话——也是极端可耻的。

我左思右想，沉痛内疚，觉得自己有罪，觉得知识分子真是不干净。我仿佛变成了一个基督教徒，深信"原罪"的说法。在好多好多年，这种"原罪"感深深地印在我的灵魂中。

我当时时发奇想，我希望时间之轮倒拨回去，拨回到战争年代，给我一个机会，让我立功赎罪。我一定会不惜牺牲自己的性命，为了革命，为了民族。我甚至有近乎疯狂的幻想：如果我们的领袖遇到生死危机，我一定会挺身而出，用自己的鲜血与性命来保卫领袖。

我处处自惭形秽。我当时最羡慕、最崇拜的是三种人：老干部、解放军和工人阶级。对我来说，他们的形象至高无上，神圣不可侵犯。在我眼中，他们都是"最可爱的人"，是我终身学习也无法赶上的人。

就这样，我背着沉重的"原罪"的十字架，随时准备深挖自己思想，改造自己的资产阶级思想，真正树立无产阶级思想——除了"毫不利己，专门利人"之外，我到今天也说不出什么是无产阶级思想——脱胎换骨，重新做人。风风雨雨，坎坎坷坷，一会儿山重水复，一会儿柳暗花明，走过了漫长的30年。

新中国成立初期第一场大型的政治运动，是"三反"、"五反"、思想改造运动。我认真严肃地怀着满腔的虔诚参加了进去。我一辈子不贪公家一分钱，"三反"、"五反"与我无缘。但是思想改造，我却认为，我的任务是艰巨的，是迫切的。笼统说来，是资产阶级思想；具体说来，则可以分为几项。首先，在新中国成立前，我从对国民党的观察中，得出了一条结论：政治这玩意儿是肮脏的，是污浊的，最好躲得远一点。其次，我认为，蒙古是被苏联抢走的；中共是受苏联左右的。思想改造，我首先检查、批判这两个思想。当时，当众检查自己的思想叫作"洗澡"，"洗澡"有小、中、大三盆。我是系主任，必须洗中盆，也就是在系师生大会上公开检查。因为我没有什么民愤，没有升入"大盆"，也就是没有在全校师生大会上检查。

在中盆里，水也是够热的。大家发言异常激烈，有的出于真心实意，有的也不见得。我生平破天荒第一次经过这个阵势，句句话都像利箭一样，射向我的灵魂。但是，因为我仿佛变成一个基督教徒，怀着满腔虔诚的"原罪"感，好像话越是激烈，我越感到舒服，我舒服得浑身流汗，仿佛洗的是土耳其蒸汽浴。大会最后让我通过以后，我感动得真流下了眼泪，感到身轻体健，资产阶级思想仿佛真被廓清。

像我这样虔诚的信徒，还有不少，但是也有想蒙混过关的。有一位洗大盆的教授，小盆、中盆，不知洗过多少遍了，群众就是不让通过，终于升至大盆。他破釜沉舟，想一举过关。检讨得痛快淋漓，把自己骂得狗血喷头，连同自己的资产阶级父母，都被波及，他说了父母不少十分难听的话。群众大受感动。然而无巧不成书，主席瞥见他的检讨稿上用红笔写上了几个大字"哭"。每到这地方，他就号啕大哭。主席一宣布，群众大哗。结果如何，就不用说了。

跟着来的是批判电影《武训传》，批判《早春二月》，批判资产阶级学术思想，胡适、俞平伯都榜上有名。后面是揭露和批判胡风"反革命集团"，这是属于敌我矛盾的事件。胡风本人以外，被牵涉到的人数不少，艺术界和学术界都有。附带进行了一次清查历史反革命的运动，自杀的人时有所闻。北大一位汽车司机告诉我，到了这样的时候，晚上开车，要十分警惕，怕冷不防有人从黑暗中一下子跳出来，甘愿做轮下之鬼。

到了1957年，政治运动达到了第一次高潮。从规模上来看，从声势上来看，从涉及面之广来看，从持续时间之长来看，都无愧是空前的。

最初只说是党内整风，号召大家提意见，"知无不言，言无不尽"。当时党的威信至高无上。许多爱护党而头脑简单的人，就真提开了意见，有的话说得并不好听，但是绝大部分人是出于一片赤诚之心，结果被揪住了辫子，划为右派。根据"上头"的意见，右派是敌我矛盾作为人民内部矛盾来处理，而且信誓旦旦说：右派永远不许翻案。

有些被抓住辫子的人恍然大悟：原来不是说不抓辫子，不打棍子，不戴帽子吗？这是不是一场阴谋？答曰：否，这不是阴谋，而是阳谋。到了此时，悔之晚矣。戴上右派帽子的人，虽说是人民内部，但是游离于敌我之间，徒倚于人鬼之隙，滋味是够受的。有的人到了20年之后才被摘掉帽子，然而老夫耄矣。无论如何，这证明了，共产党有改正错误的勇气，是有力量有信心的表现。

当时究竟划了多少右派，确数我不知道。听说右派是有指标的，这指标下达到每一个基层单位，如果没有完成，必须补划。传说出了不少笑话，这都先不去管它。有一件事情，我脑筋里开了点窍：这一场运动，同以前的运动一样，是针对知识分子的。我怀着根深蒂固的"原罪"感，衷心拥护这一场运动。

到了1958年，轰轰烈烈的反击右派运动逐渐接近了尾声。但是，车不能停驶，马不能停蹄，立即展开了新的运动，而且这一次运动在很多方面都超越了以前的运动。这一次是精神和物质一齐抓，既要解放生产力，又要肃清资产阶级思想。后者主要是针对学校里的教授，美其名曰："拔白旗"。"白"就代表落后，代表倒退，代表资产阶级思想，是与代表前进、代表革命、代表无产阶级思想的"红"相对立的。大学里和中国科学院里一些"资产阶级教授"，狠狠地被拔了一下白旗。

前者则表现在大炼钢铁上。至于人民公社，则好像是兼而有之。"共产主义是天堂，人民公社是桥梁"，是当时最响亮的口号，大炼钢铁实际上是一场巨大的灾难。全国人民响应号召，到处搜捡废铁，加以冶炼，这件事本来未可厚非。但是，废铁捡完了，为了完成指标，就把完整的铁器，包括煮饭的锅在内，砸成"废铁"，回炉冶炼。全国各地，炼钢的小炉，灿若群星，日夜不熄，蔚为宇宙伟观。然而炼出来的却是一炉炉的废渣。

人人都想早上天堂，于是人民公社，一夜之间，遍布全国，适逢粮食丰收，大家敞开肚皮吃饭。个人的灶都撤掉了，都集中在公共食堂中吃饭。有的粮食烂在地里，无人收割。把群众运动的威力夸大到无边无际，把人定胜天的威力也夸大到无边无际。麻雀被定为四害之一，全国人民起来打之。把粮食的亩产量也无限夸大，从几百斤、几千斤，到几万斤。各地竞相弄虚作假，大放"卫星"。有人说，如果亩产几万斤，则一亩地里光麦粒或谷粒就得铺得老厚，那是完全不可信的。

那时我已经有四十七八岁，不是小孩子了；我是受过高等教育、留过洋的大学教授，然而我对这一切都深信不疑。"人有多大胆，地有多大产"，我是坚信的。我在心中还暗暗地嘲笑那一些"思想没有解放"的"胆小鬼"，觉得唯我独马，唯我独革。

跟着来的是三年灾害。真是"自然灾害"吗？今天看来，未必是的。反正是大家都挨了饿。我在德国挨过5年的饿，"曾经沧海难为水"，我现在一点没有感到难受，半句怪话也没有说过。

从全国形势来看，当时的政策已经"左"到不能再"左"的程度，当务之急当然是反"左"。据说中央也是这样打算的。但是，在庐山会议上，忽然杀出来一个彭德怀。他上了"万言书"，说了几句真话，这就惹了大祸。于是一场反"左"变为反右。一直到今天，开国元勋中，我最崇拜、最尊敬的无过于彭大将军。他是一个难得的硬汉子，豁出命去也不阿谀奉承，代表了中华民族的浩然正气。

上面既然号召反右，那么就反吧。知识分子们经过十几年连续不断的运动，都已锻炼成了"运动健将"，都已成了运动的内行里手。这一次我整你，下一次你整我，大家都已习惯这一套了。于是乱乱哄哄，时松时紧，时强时弱，一直反到社教运动。

据我看，社教运动实际上是"无产阶级文化大革命"的前奏曲。我现在就把这两场运动摆在一起来讲。

社会主义教育运动，北大是试点，先走了一步，运动开始后不久学校里就泾渭分明地分了派：被整的与整人的。我也懵懵懂懂地参加了整人的行列。可是有一件事情我不明白，也想不通，新中国成立后第一次萌动了一点"反动思想"：学校的领导都是上面派来的老党员、老干部，我们资产阶级知识分子并起不了多大作用，为什么上头的意思说我们"统治"了学校呢？我百思不得其解。

后来北京市委进行了干预，召开了国际饭店会议，为被批的校领导平反，这里就伏下了"文化大革命"的起因。

1965年秋天，我参加完了国际饭店会议，被派到京郊南口村去搞农村社教运动。在这里我们真成了领导了，党政财文大权统统掌握在我们手里。但是要求也是非常严格的：不许自己开火做饭，在全村轮流吃派饭，鱼肉蛋不许吃。自己的身份和工资不许暴露，当时农民每日工分不过三四角钱，我的工资是四五百，这样放了出去，怕农民吃惊。时隔31年，到了今天，再到农村去，我们工资的数目是不肯说，怕说出去让农民笑话。抚今追昔，真不禁感慨系之矣！

这一年的冬天，姚文痞的文章《评新编历史剧〈海瑞罢官〉》

发表，敲响了"文化大革命"的钟声。所谓"三家村"的三位主人，我全认识，我在南口村无意中说了出来。这立即被我的一位"高足"牢记在心。后来在"文革"中，这位"高足"原形毕露。为了出人头地，颇多惊人之举，比如说贴口号式的大字报，也要署上自己的名字，引起了轰动。他对我也落井下石，把我"打"成了"三家村的小伙计"。

我于1966年6月4日奉召回校，参加"文化大革命"。最初的一个阶段，是批所谓"资产阶级学术权威"。这次运动又是针对知识分子的，是再明显不过的了，我自然在被批之列。我虽不敢以"学术权威"自命，但是，说自己是资产阶级，我则心悦诚服，毫无怨言，尽管运动来势迅猛，我没有费多大力量就通过了。

后来，北大成立了"革命委员会"，头子就是那位所谓写第一张"马列主义大字报"的"老佛爷"。此人是有后台的，广通声气，据说还能通天，与江青关系密切。她不学无术，每次讲话，必出错误；但是却骄横跋扈，炙手可热。此时她成了全国名人，每天到北大来"取经"朝拜的上万人，上十万人。弄得好端端一个燕园乱七八糟，乌烟瘴气。

随着运动的发展，北大逐渐分了派。"老佛爷"这一派叫"新北大公社"，是执掌大权的"当权派"。它的对立面叫"井冈山"，是被压迫的。两派在行动上很难说有多少区别，都搞打、砸、抢，都不懂什么叫法律。上面号召："革命无罪，造反有理。"这就是至高无上的法律。

我越过第一阵强烈的风暴，问题算是定了。我逍遥了一阵子，日子过得满惬意。如果我这样逍遥下去的话，太大的风险不会再有了。我现在无疑是过了昭关的伍子胥。我是一个胆小怕事的人，这是常态；但是有时候我胆子又特别大。在我一生中，这样的情况也出现过几次，这是变态。及今思之，我这个人如果有什么价值的话，价值就表现在变态上。

这种变态在"文化大革命"中又出现过一次。

在"老佛爷"仗着后台硬为所欲为无法无天的时候，校园里残暴野蛮的事情越来越多。抄家，批斗，打人，骂人，脖子上挂大木牌子，头上戴高帽子，任意污辱人，放胆造谣言，以致发展到用长矛杀人，不用说人性，连兽性都没有了。我认为这不符合群众路线，不符合什么人的"革命路线"。放着安稳的日子不过，我又发了牛脾气，自己跳了出来，其中危险我是知道的。我在日记里写过："为了保卫什么人的革命路线，虽粉身碎骨，在所不辞。"这完全是真诚的，半点虚伪也没有。

同时，我还有点自信：我头上没有辫子，屁股上没有尾巴。我没有参加过国民党或任何反动组织，没有干反人民的事情。我怀着冒险、侥幸又还有点自信的心情，挺身出来反对那一位"老佛爷"。我完完全全是"自己跳出来"的。

没想到，也可以说是已经想到，这一跳就跳进了"牛棚"。我在群众中有一定的影响，我起来在太岁头上动土，"老佛爷"恨我入骨，必欲置之死地而后快。我被抄家，被批斗，被打得头破血流，鼻青脸肿。我并不是那种豁达大度什么都不在乎的人。我一时被斗得晕头转向，下定决心，自己结束自己的性命。决心既下，我心情反而显得异常平静，简直平静得有点可怕。我把历年积攒的安眠药片和药水都装到口袋里，最后看了与我共患难的婶母和老伴儿一眼,刚准备出门跳墙逃走,大门上响起了雷鸣般的撞门声:"新北大公社"的红卫兵来押解我到大饭厅去批斗了。这真正是千钧一发呀!这一场批斗进行得十分激烈,十分野蛮,我被打得躺在地上站不起来。然而我一下得到了"顿悟":一个人忍受挨打折磨的能力,是没有极限的。我能够忍受下去的!我不死了!我要活下去!

我的确活下来了。然而,在刚离开"牛棚"的时候,我已经虽生犹死,我成了一个半白痴,到商店去买东西,不知道怎样说话。让我抬起头来走路,我觉得不习惯。耳边不再响起"妈的!""浑蛋!""王八蛋!"一类的词儿,我觉得奇怪。见了人,我是口欲张而嗫嚅,足欲行而趑趄。我几乎成了一具行尸走肉,我已经"异化"为"非人"。

我的确活下来了,然而一个念头老在咬我的心。我一向信奉的"士可杀,不可辱"的教条,怎么到了现在竟被我完全地抛到脑后了呢?我有勇气仗义执言、打抱不平,为什么竟没有勇气用自己的性命来抗议这种暴行呢?我有时甚至觉得,隐忍苟活是可耻的。然而,怪还不怪在我的后悔,而在于我在很长的时间内并没有把这件事同整个的"文化大革命"联系在一起。一直到1976年"四人帮"被打倒,我一直拥护七八年一次、一次七八年的"革命"。可见我的政治嗅觉是多么迟钝。

"四人帮"垮台,"无产阶级文化大革命"结束以后,中央拨乱反正,实行了改革开放的政策,受到了全国人民的拥护。时间并不太长,取得的成绩有目共睹。在全国人民眼前,全国知识分子眼前,天日重明,又有了希望。

我在上面讲述了新中国成立后40多年来的遭遇和感受。在这一段时间内，我的心镜里照出来的是运动，运动，运动；照出来的是我个人和众多知识分子的遭遇；照出来的是我个人由懵懂到清醒的过程；照出来的是全国人民从政治和经济危机的深渊岸边回头走向富庶的转机。

我在20世纪生活了80多年了。再过7年，这一世纪，这一千纪就要结束了。这是一个非常复杂、变化多端的世纪。我心里这一面镜子照见的东西当然也是富于变化的，五花八门的，但又多姿多彩的。它既照见了阳关大道，也照见了独木小桥；它既照见了山重水复，也照见了柳暗花明。我不敢保证我这一面心镜绝对通明锃亮，但是我却相信，它是可靠的，其中反映的倒影是符合实际的。

我揣着这一面镜子，一揣揣了80多年。我现在怎样来评价镜子里照出来的20世纪呢？我现在怎样来评价镜子里照出来的我的一生呢？呜呼，慨难言矣！慨难言矣！"却道天凉好个秋"，我效法这一句词，说上一句：天凉好个冬！

只有一点我是有信心的：21世纪将是中国文化（东方文化的核心）复兴的世纪。现在世界上出现了许多影响人类生存前途的弊端，比如人口爆炸，大自然被污染，生态平衡被破坏，臭氧层被破坏，粮食生产有限，淡水资源匮乏，等等，这只有中国文化能克服，这就是我的最后信念。

1993年2月17日

一个老知识分子的心声

按我出生的环境，我本应该终生成为一个贫农。但是造化小儿却偏偏要播弄我，把我播弄成了一个知识分子。从小知识分子把我播弄成一个中年知识分子；又从中年知识分子把我播弄成一个老知识分子。现在我已经到了望九之年，耳虽不太聪，目虽不太明，但毕竟还是"难得糊涂"，仍然能写能读，焚膏继晷，兀兀穷年，仿佛有什么力量在背后鞭策着自己，欲罢不能。眼前有时闪出一个长队的影子，是北大教授按年龄顺序排成了的。我还没有站在最前面，前面还有将近二十来个人。这个长队缓慢地向前迈进，目的地是八宝山。时不时地有人"捷足先登"，登的不是泰山，而就是这八宝山。我暗暗下定决心：决不抢先加塞，我要鱼贯而进。什么时候鱼贯到我面前，我就要含笑挥手，向人间说一声"拜拜"了。

干知识分子这个行当是并不轻松的。在过去七八十年中，我尝够酸甜苦辣，经历够了喜怒哀乐。走过了阳关大道，也走过了独木小桥。有时候，光风霁月；有时候，阴霾蔽天；有时候，峰回路转；有时候，柳暗花明。金榜上也曾题过名，春风中也曾得过意，说不高兴是假话。但是，一转瞬间，就交了华盖运，四处碰壁，五内如焚。原因何在呢？古人说："人生识字忧患始。"这实在是见道之言。"识字"，当然就是知识分子了。一戴上这顶帽子，"忧患"就开始向你奔来。是不是杜甫的诗"儒冠多误身"？"儒"，当然就是知识分子了，一戴上儒冠就倒霉。我只举这两个小例子，就可以知道，中国古代的知识分子们早就对自己这一行腻味了。"诗必穷而后工"，连作诗都必须先"穷"。"穷"并不是一定指的是没有钱，主要指的也是倒霉。不倒霉就作不出好诗，没有切身经历和宏观观察，能说得出这样的话吗？司马迁《太史公自序》说："昔西伯拘羑里，演《周易》；孔子厄陈蔡，作《春秋》；屈原放逐，著《离骚》；左公失明，厥有《国语》；孙子膑脚，而论兵法；不韦迁蜀，世传《吕览》；韩非囚秦，《说难》《孤愤》；《诗》三百篇，大抵圣贤发愤之所为作也。"司马迁算了一笔清楚的账。

　　世界各国应该都有知识分子。但是，根据我七八十年的观察与思考，我觉得，既然同为知识分子，必有其共同之处，有知识，承担延续各自国家的文化的重任，至少这两点必然是共同的。但是不同之处却是多而突出。别的国家先不谈，我先谈一谈中国历代的知识分子，中国有五六千年或者更长的文化史，也就有五六千年的知识分子。我的总印象是：中国知识分子是一种很奇怪的群体，是造化小儿加心加意创造出来的一种"稀有动物"。虽然"十年浩劫"中，他们被批为"一心只读圣贤书"的"修正主义"分子。这实际上是冤枉的。这样的人不能说没有，但是，主流却正相反。几千年的历史可以证明，中国知识分子最关心时事，最关心政治，最爱国。这最后一点，是由中国历史环境所造成的。在中国历史上，没有哪一天没有虎视眈眈伺机入侵的外敌。历史上许多赫然有名的皇帝，都曾受到外敌的欺侮。老百姓更不必说了。存在决定意识,反映到知识分子头脑中,就形成了根深蒂固的爱国心。"天下兴亡,匹夫有责",不管这句话的原型是什么样子,反正它痛快淋漓地表达了中国知识分子的心声。在别的国家是没有这种情况的。

然而,中国知识分子也是极难对付的家伙。他们的感情特别细腻、锐敏、脆弱、隐晦。他们学富五车,胸罗万象。有的或有时自高自大,自以为"老子天下第一";有的或有时却又患了弗洛伊德讲的那一种"自卑情结"(inferiority complex)。他们一方面吹嘘想"究天人之际,通古今之变",气魄贯长虹,浩气盈宇宙。有时却又为芝麻绿豆大的一点小事而长吁短叹,甚至轻生,"自绝于人民"。关键问题,依我看,就是中国特有的"国粹"——面子问题。"面子"这个词儿,外国文没法翻译,可见是中国独有的。俗话里许多话都与此有关,比如"丢脸"、"真不要脸"、"赏脸",如此等等。"脸"者,面子也。中国知识分子是中国国粹"面子"的主要卫道士。

尽管极难对付,然而中国历代统治者哪一个也不得不来对付。古代一个皇帝说:"马上得天下,不能马上治之!"真是一针见血。创业的皇帝绝不会是知识分子,只有像刘邦、朱元璋等这样一字不识的,不顾身家性命,"厚"而且"黑"的,胆子最大的地痞流氓才能成为开国的"英主"。否则,都是磕头的把兄弟,为什么单单推他当头儿?可是,一旦创业成功,坐上金銮宝殿,这时候就用得着知识分子来帮他们治理国家。不用说国家大事,连定朝仪这样的小事,刘邦还不得不求助于知识分子叔孙通。朝仪一定,朝廷井然有序,共同起义的那一群铁哥们儿,个个服服帖帖,跪拜如仪,让刘邦"龙心大悦",真正尝到了当皇帝的滋味。

同面子表面上无关实则有关的另一个问题,是中国知识分子的处世问题,也就是隐居或出仕的问题。中国知识分子很多都标榜自己无意为官,而实则正相反。一个最有典型意义又众所周知的例子就是"大名垂宇宙"的诸葛亮。他高卧隆中,看来是在隐居,实则他最关心天下大事。他的"信息源"看来是非常多的。否则,在当时既无电话、电报,甚至连写信都十分困难的情况下,他怎么能对天下大势了如指掌,因而写出了有名的《隆中对》呢?他经世之心昭然在人耳目,然而却偏偏让刘先主三顾茅庐然后才出山"鞠躬尽瘁"。这不是面子又是什么呢?

我还想进一步谈一谈中国知识分子的一个非常古怪、很难以理解又似乎很容易理解的特点。中国古代知识分子贫穷落魄的多,有诗为证:"文章憎命达。"文章写得好,命运就不亨通;命运亨通的人,文章就写不好。那些靠文章中状元、当宰相的人,毕竟是极少数。而且中国文学史上根本就没有哪一个伟大文学家中过状元。《儒林外史》是专写知识分子的小说。吴敬梓真把穷苦潦倒的知识分子写活了。没有中举前的周进和范进等的形象,真是入木三分,至今还栩栩如生。中国历史上一批穷困的知识分子,贫无立锥之地,绝不会有面团团的富家翁相。中国诗文和老百姓嘴中有很多形容贫而瘦的穷人的话,什么"瘦骨嶙峋",什么"骨瘦如柴",又是什么"瘦得皮包骨头",等等,都与骨头有关。这一批人一无所有,最值钱的仅存的"财产"就是他们这一身瘦骨头。这是他们人生中最后的一点"赌注",轻易不能押上的,押上一输,他们也就"涅槃"了。然而他们却偏偏喜欢拼命,喜欢拼这一身瘦老骨头。他们称这个为"骨气"。同"面子"一样,"骨气"这个词儿也是无法译成外文的,是中国的国粹。要举实际例子的话,那就可以举出很多来。《三国演义》中的祢衡,就是这样一个人,结果被曹操假手黄祖给砍掉了脑袋瓜。近代有一个章太炎,胸佩大勋章,赤足站在新华门外大骂袁世凯,袁世凯不敢动他一根毫毛,只好钦赠美名"章疯子",聊以挽回自己的一点面子。

中国这些知识分子,脾气往往极大。他们又仗着"骨气"这个法宝,敢于直言不讳。一见不顺眼的事,就发为文章,呼天叫地,痛哭流涕,大呼什么"人心不古,世道日非",又是什么"黄钟毁弃,瓦釜雷鸣"。这种例子,俯拾即是。他们根本不给当政的最高统治者留一点面子,有时候甚至让他们下不了台。须知面子是古代最高统治者皇帝们的命根子,是他们的统治和尊严的最高保障。因此,我就产生了一个大胆的"理论":一部中国古代政治史至少其中一部分就是最高统治者皇帝和大小知识分子互相利用又互相斗争,互相对付和应付,又有大棒,又有胡萝卜,间或甚至有剥皮凌迟的历史。

在外国知识分子中,只有印度的同中国的有可比性。印度共有四大种姓,为首的是婆罗门。在印度古代,文化知识就掌握在他们手里,这个最高种姓实际上也是他们自封的。他们是地地道道的知识分子,在社会上受到普遍的尊敬。然而却有一件天大的怪事,实在出人意料。在社会上,特别是在印度古典戏剧中,少数婆罗门却受到极端的嘲弄和污蔑,被安排成剧中的丑角。在印度古典剧中,语言是有阶级性的。梵文只允许国王、帝师(当然都是婆罗门)和其他高级男士们说,妇女等低级人物只能说俗语。可是,每个剧中都必不可缺少的丑角也竟是婆罗门，他们插科打诨，出尽洋相，他们只准说俗语，不许说梵文。在其他方面也有很多嘲笑婆罗门的地方。这有点像中国古代嘲笑"腐儒"的做法。《儒林外史》中就不缺少嘲笑"腐儒"——也就是落魄的知识分子——的地方。鲁迅笔下的孔乙己也是这种人物。为什么中印同出现这个现象呢？这实在是一个有趣的研究课题。

我在上面写了我对中国历史上知识分子的看法。本文的主要目的就是写历史，连鉴往知今一类的想法我都没有。倘若有人要问："现在怎样呢？"因为现在还没有变成历史，不在我写作范围之内，所以我不答复，如果有人愿意去推论，那是他们的事，与我无干。

最后我还想再郑重强调一下：中国知识分子有源远流长的爱国主义传统，是世界上哪一个国家也不能望其项背的。尽管眼下似乎有一点背离这个传统的倾向，例证就是苦心孤诣、千方百计地想出国，有的甚至归化为"老外"，永留不归。我自己对这个问题的看法是：这只能是暂时的现象，久则必变。就连留在外国的人，甚至归化了的人，他们依然是"身在曹营心在汉"，依然要寻根，依然爱自己的祖国。何况出去又回来的人渐渐多了起来呢？我们对这种人千万不要"另眼相看"，当然也大可不必"刮目相看"。只要我们国家的事情办好了，情况会大大地改变的。至于没有出国也不想出国的知识分子占绝对的多数。如果说他们对眼前的一切都很满意，那不是真话。但是爱国主义在他们心灵深处已经生了根，什么力量也拔不掉。甚至泰山崩于前，迅雷震于顶，他们会依然热爱我们这伟大的祖国。这一点我完全可以保证。只举一个众所周知的例子，就足够了。如果不爱自己的祖国，巴老为什么以老迈龙钟之身，呕心沥血来写《随想录》呢？对广大的中国老、中、青知识分子来说，我想借用一句曾一度流行的，我似非懂又似懂得的话：爱国没商量。

我生平优点不多，但自谓爱国不敢后人，即使把我烧成了灰，每一粒灰也还是爱国的。可是我对于当知识分子这个行当却真有点谈虎色变。我从来不相信什么轮回转生。现在，如果让我信一回的话，我就恭肃虔诚祷祝造化小儿，下一辈子无论如何也别再播弄我，千万别再把我弄成知识分子。

1995 年 7 月 18 日

第三讲

不完满才是人生

不完满才是人生

每个人都争取一个完满的人生。然而，自古及今，海内海外，一个百分之百完满的人生是没有的。所以我说，不完满才是人生。

关于这一点，古今的民间谚语，文人诗句，说到的很多很多。最常见的比如苏东坡的词："人有悲欢离合，月有阴晴圆缺，此事古难全。"南宋方岳（根据吴小如先生考证）诗句："不如意事常八九，可与人言无二三。"这都是我们时常引用的，脍炙人口的。类似的例子还能够举出成百上千来。

这种说法适用于一切人，旧社会的皇帝老爷子也包括在里面。他们君临天下，"率土之滨，莫非王土"，可以为所欲为，杀人灭族，小事一端，按理说，他们不应该有什么不如意的事。然而，实际上，王位继承，宫廷斗争，比民间残酷万倍。他们威仪俨然地坐在宝座上，如坐针毡。虽然捏造了"龙驭上宾"这种神话，他们自己也并不相信。他们想方设法以求得长生不老，他们最怕"一旦魂断，宫车晚出"。连英主如汉武帝、唐太宗之辈也不能"免俗"。汉武帝造承露金盘，妄想饮仙露以长生；唐太宗服印度婆罗门的灵药，期望借此以不死。结果，事与愿违，仍然是"龙驭上宾"呜呼哀哉了。

在这些皇帝手下的大臣们,"一人之下,万人之上",权力极大,骄纵恣肆,贪赃枉法,无所不至。在这一类人中,好东西大概极少,否则包公和海瑞等决不会流芳千古,久垂宇宙了。可这些人到了皇帝跟前,只是一个奴才,常言道:伴君如伴虎,可见他们的日子并不好过。据说明朝的大臣上朝时在笏板上夹带一点鹤顶红,一旦皇恩浩荡,钦赐极刑,连忙用舌尖舔一点鹤顶红,立即涅槃,落得一个全尸。可见这一批人的日子也并不好过,谈不到什么完满的人生。

至于我辈平头老百姓,日子就更难过了。建国前后,不能说没有区别,可是一直到今天仍然是"不如意事常八九"。早晨在早市上被小贩"宰"了一刀;在公共汽车上被扒手割了包,踩了人一下,或者被人踩了一下,根本不会说"对不起"了,代之以对骂,或者甚至演出全武行。到了商店,难免买到假冒伪劣的商品,又得生一肚子气。谁能说,我们的人生多是完满的呢?

再说到我们这一批手无缚鸡之力的知识分子,在历史上一生中就难得过上几天好日子。只一个"考"字,就能让你谈"考"色变。"考"者,考试也。在旧社会科举时代,"千军万马独木桥",要上进,只有科举一途,你只需读一读吴敬梓的《儒林外史》,就能淋漓尽致地了解到科举的情况。以周进和范进为代表的那一批举人进士,其窘态难道还不能让你胆战心惊、啼笑皆非吗?

现在我们运气好,得生于新社会中。然而那一个"考"字,宛如如来佛的手掌,你别想逃脱得了。幼儿园升小学,考;小学升初中,考;初中升高中,考;高中升大学,考;大学毕业想当硕士,考;硕士想当博士,考。考,考,考,变成烤,烤,烤;一直到知命之年，厄运仍然难免，现代知识分子落到这一张密而不漏的天网中，无所逃于天地之间，我们的人生还谈什么完满呢？

　　灾难并不限于知识分子。"人人有一本难念的经"，所以我说"不完满才是人生"。这是一个"平凡的真理"，但是真能了解其中的意义，对己对人都有好处。对己，可以不烦不躁；对人，可以互相谅解。这会大大地有利于整个社会的安定团结。

1998 年 8 月 20 日

八十述怀

我从来没有想到,我能活到八十岁;如今竟然活到了八十岁,然而又一点也没有八十岁的感觉。岂非咄咄怪事!

我向无大志,包括自己活的年龄在内。我的父母都没有活过五十;因此,我自己的原定计划是活到五十。这样已经超过了父母,很不错了。不知怎么一来,宛如一场春梦,我活到了五十岁。那时正值所谓三年自然灾害。我流年不利,颇挨了一阵子饿。但是,我是"曾经沧海难为水",在第二次世界大战时,我正在德国,我经受了而今难以想象的饥饿的考验,以致失去了饱的感觉。我们那一点灾害,同德国比起来,真如小巫见大巫;我从而顺利地度过了那一场灾害,而且我当时的精神面貌是我一生中最好的时期,一点苦也没有感觉到,于不知不觉中冲破了我原定的年龄计划,度过了五十岁大关。

五十一过,又仿佛一场春梦似的,一下子就到了古稀之年,不容我反思,不容我踟躇。其间跨越了一个"十年浩劫"。我当然是在劫难逃,被送进牛棚。我现在不知道应当感谢哪一路神灵:佛祖、上帝、安拉;由于一个万分偶然的机缘,我没有走上绝路,活下来了。活下来了，我不但没有感到特别高兴，反而时有悔愧之感在咬我的心。活下来了，也许还是有点好处的。我一生写作翻译的高潮，恰恰出现在这个期间。原因并不神秘：我获得了余裕和时间。在浩劫期间，我被打得一佛出世，二佛升天。后来不打不骂了，我却变成了"不可接触者"。在很长时间内，我被分配挖大粪，看门房，守电话，发信件。没有以前的会议，没有以前的发言。没有人敢来找我，很少人有勇气同我谈上几句话。一两年内，没收到一封信。我服从任何人的调遣与指挥，只敢规规矩矩，不敢乱说乱动。然而我的脑筋还在，我的思想还在，我的感情还在，我的理智还在。我不甘心成为行尸走肉，我必须干点事情。二百多万字的印度大史诗《罗摩衍那》，就是在这时候译完的。"雪夜闭门写禁文"，自谓此乐不减羲皇上人。

又仿佛是一场缥缈的春梦，一下子就活到了今天，行年八十矣，是古人称之为耄耋之年了。倒退二三十年，我这个在寿命上胸无大志的人，偶尔也想到耄耋之年的情况：手拄拐杖，白须飘胸，步履维艰，老态龙钟。自谓这种事情与自己无关，所以想得不深也不多。哪里知道，自己今天就到了这个年龄了。今天是新年元旦。从夜里零时起，自己已是不折不扣的八十老翁了。然而这老景却真如古人诗中所说的"青霭入看无"，我看不到什么老景。看一看自己的身体，平平常常，同过去一样。看一看周围的环境，平平常常，同过去一样。金色的朝阳从窗子里流了进来，平平常常，同过去一样。楼前的白杨，确实粗了一点，但看上去也是平平常常，同过去一样。时令正是冬天，叶子落尽了，但是我相信，它们正蜷缩在土里，做着春天的梦。水塘里的荷花只剩下残叶，"留得残荷听雨声"，现在雨没有了，上面只有白皑皑的残雪。我相信，荷花们也蜷缩在淤泥中，做着春天的梦。总之，我还是我，依然故我：周围的一切也依然是过去的一切……

我是不是也在做着春天的梦呢？我想，是的。我现在也处在严寒中，我也梦着春天的到来。我相信英国诗人雪莱的两句话："既然冬天已经到了，春天还会远吗？"我梦着楼前的白杨重新长出了浓密的绿叶；我梦着池塘里的荷花重新冒出了淡绿的大叶子；我梦着春天又回到了大地上。

可是我万万没有想到，"八十"这个数字竟有这样大的威力，一种神秘的威力。"自己已经八十岁了！"我吃惊地暗自思忖。它逼迫着我向前看一看，又回头看一看。向前看，灰蒙蒙的一团，路不清楚，但也不是很长。确实没有什么好看的地方。不看也罢。

而回头看呢，则在灰蒙蒙的一团中，清晰地看到了一条路，路极长，是我一步一步地走过来的，这条路的顶端是在清平县的官庄。我看到了一片灰黄的土房，中间闪着苇塘里的水光，还有我大奶奶和母亲的面影。这条路延伸出去，我看到了泉城的大明湖。这条路又延伸出去，我看到了水木清华，接着又看到德国小城哥廷根斑斓的秋色，上面飘动着我那母亲似的女房东和祖父似的老教授的面影。路陡然又从万里之外折回到神州大地，我看到了红楼，看到了燕园的湖光塔影。令人泄气而且大煞风景的是，我竟又看到了牛棚的牢头禁子那一副牛头马面似的狞恶的面孔。再看下去，路就缩住了，一直缩到我的脚下。

在这一条十分漫长的路上，我走过阳关大道，也走过独木小桥。路旁有深山大泽，也有平坡宜人；有杏花春雨，也有塞北秋风；

061

有山重水复，也有柳暗花明；有迷途知返，也有绝处逢生。路太长了，时间太长了，影子太多了，回忆太重了。我真正感觉到，我负担不了，也忍受不了，我想摆脱掉这一切，还我一个自由自在身。

回头看既然这样沉重，能不能向前看呢？我上面已经说到，向前看，路不是很长，没有什么好看的地方。我现在正像鲁迅的散文诗《过客》中的那一个过客。他不知道是从什么地方走来的，终于走到了老翁和小女孩的土屋前面，讨了点水喝。老翁看他已经疲惫不堪，劝他休息一下。他说："从我还能记得的时候起，我就在这么走，要走到一个地方去，这地方就在前面。我单记得走了许多路，现在来到这里了。我接着就要走向那边去……况且还有声音在前面催促我，叫唤我，使我息不下。"那边，西边是什么地方呢？老人说："前面，是坟。"小女孩说："不，不，不的。那里有许多野百合，野蔷薇，我常常去玩，去看他们的。"

我理解这个过客的心情，我自己也是一个过客。但是却从来没有什么声音催着我走，而是同世界上任何人一样，我是非走不行的，不用催促，也是非走不行的。走到什么地方去呢？走到西边的坟那里，这是一切人的归宿。我记得屠格涅夫的一首散文诗里，也讲了这个意思。我并不怕坟，只是在走了这么长的路以后，我真想停下来休息片刻。然而我不能，不管你愿意不愿意，反正是非走不行。聊以自慰的是，我同那个老翁还不一样，有的地方颇像那个小女孩，我既看到了坟，也看到野百合和野蔷薇。

我面前还有多少路呢？我说不出，也没有仔细想过。冯友兰先生说："何止于米？相期以茶。""米"是八十八岁，"茶"是一百零八岁。我没有这样的雄心壮志。我是"相期以米"。这算不算是立大志呢？我是没有大志的人，我觉得这已经算是大志了。

我从前对穷通寿夭也是颇有一些想法的。"十年浩劫"以后，我成了陶渊明的志同道合者。他的一首诗，我很欣赏：

纵浪大化中，
不喜亦不惧。
应尽便须尽，
无复独多虑。

我现在就是抱着这种精神，昂然走上前去。只要有可能，我一定做一些对别人有益的事，决不想成为行尸走肉。我知道，未来的路也不会比过去的更笔直，更平坦。但是我并不恐惧。我眼前还闪动着野百合和野蔷薇的影子。

1991年1月1日

求仁而得仁，又何怨

是不是自己的神经出了点毛病？最近几年以来，心里总想成为一个悲剧性人物。

六十年前，我在清华大学念书的时候，有一门课叫作"当代长篇小说"。英国老师共指定了五部书，都是当时在世界上最流行的，像今天名震遐迩的乔伊斯的《尤利西斯》和普鲁斯特的《追忆似水年华》都包括在里面。这些书我都似懂非懂地读过了，考试及格了，便一股脑儿还给了老师，脑中一片空白，连故事的影子都没有了。

独独有一部书是例外，这就是英国作家哈代的 The Return of the Native（《还乡》）。但也只记住了一个母亲的一句话："我是一个被儿子遗弃了的老婆子！"我觉得这个母亲的处境又可怜，又可羡。怜容易懂，羡又从何来呢？人生走到这个地步，也并不容易。在人生的道路上，每一个人都是孤独的旅客。与其舒舒服服，懵懵懂懂活一辈子，倒不如品尝一点不平常的滋味，似苦而实甜。

我这种心情有点变态，但我这个人是十分正常的。这大概同我当时的处境有关。离别了八年以后，我最爱的母亲突然离开了人世，走了。这对我是一个空前绝后的打击。我从遥远的故都奔丧回家。我真想取掉自己的生命，追陪母亲于地下。我们家住在村外，家中只有母亲一人。现在人去屋空。我每天在村内二大爷家吃过晚饭，在薄暮中拖着沉重的步子，踽踽独行，走回家来。大坑里的水闪着白光。柴门外卧着一团黑乎乎的东西，是陪伴母亲度过晚年的那一只狗。现在女主人一走，没人喂食。它白天到村内不知谁家蹭上一顿饭（也许根本蹭不上），晚上仍然回家，守卫着柴门，决不离开半步。它见了我，摇一摇尾巴，跟我走进院子。屋中正中停着母亲的棺材，里屋就是我一个人睡的土炕。此时此刻，万籁俱寂，只有这一条狗，陪伴着我，为母亲守灵。我心如刀割，抱起狗来，亲它的嘴，久久不能放下。人生至死，天道宁论！在茫茫宇宙间，仿佛只剩下我和这一条狗了。

是我遗弃了母亲吗？不能说不是：你为什么竟在八年的长时间中不回家看一看母亲呢？不管什么理由，都是说不通的，我万死不能辞其咎。哈代小说中的母亲，同我母亲的情况是完全不一样的。然而其结果则是相同或者至少是相似的。我母亲不知多少次倚闾望子，不知多少次在梦中见到儿子，然而一切枉然，终于含恨离开了。

我幻想成为一个悲剧性的人物，是不是与此有些关联呢？恐怕是有的。在我灵魂深处，我对母亲之死抱终天之恨，没有任何仙丹妙药能使它消泯。今生今世，我必须背负着这个十字架，我决不会再有什么任何形式的幸福生活，我不是一个悲剧性的人物又是什么呢？

然而我最近梦寐以求的悲剧性，又绝非如此简单，我心目中的悲剧，绝不是人世中的小恩小怨、小仇小恨。这些能够激起人们的同情与怜恤、慨叹与忧思的悲剧，不是我所想象的那种悲剧。我期望的究竟是什么样的悲剧呢？我好像一时也说不清楚。我大概期望的是类似能"净化"人们的灵魂的古希腊悲剧。相隔上万里，相距数千年，得到它又谈何容易啊！

然而我却于最近无意中得之，岂不快哉！岂不快哉！这里面当然也有遗弃之类的问题。但并不是自己被遗弃，而是自己遗弃了别人。自己怎么会遗弃别人呢？不说也罢。总之，在我家庭中，老祖走了，德华走了，我的女儿婉如也走了。现在就剩下我一个孤家寡人，赤条条来去无牵挂了。成为一个悲剧性的人物，条件都已具备，只待东风了。

孔子曰：求仁而得仁，又何怨！

1995年1月2日

时　间

　　一抬头，就看到书桌上座钟的秒针在一跳一跳地向前走动。它那里一跳，我的心就一跳。孔子说："逝者如斯夫，不舍昼夜！"这里指的是水。水永远不停地流逝，让孔夫子吃惊兴叹。我的心跳，跳的是时间。水是能看得见，摸得着的。时间却看不见，摸不着，它的流逝你感觉不到，然而确实是在流逝。现在我眼前摆上了座钟，它的秒针一跳一跳，让我再清楚不过地看到了时间的流逝，焉能不心跳？焉能不兴叹呢？

　　远古的人大概是很幸福的。他们日出而作，日入而息，根据太阳的出没来规定自己的活动。即使能感到时间的流逝，也只在依稀隐约之间。后来，他们聪明了，根据太阳光和阴影的推移，把时间称作光阴。再后来，人们的聪明才智更提高了，用铜壶滴漏的办法来显示和测定时间的推移，这是用人工来抓住看不见摸不着的时间的尝试。到了近几百年，人类发明了钟表，把时间的存在与流逝清清楚楚地摆在每一个人的面前。这是人类文明进步的表现。但是，正如人们常说的那样："有一利必有一弊。"人类成了时间的奴隶，成了手表的奴隶。现在各种各样的会极多，开会必须规定时间，几点几分，不能任意伸缩。如果参加重要的会而路上偏偏赶上堵车，任你怎样焦急，怎样频频看手表，都是白搭。这不是典型的时间的奴隶又是什么呢？然而，话又说了回来，在今天头绪纷纭杂乱无章的社会里，开会不定时间，还像古人那样"日出而作，日入而息"，优哉游哉，顺帝之则，今天的社会还能运转吗？不管你愿意不愿意，成为时间的奴隶就正是文明的表现。

不管你意识到还是没有意识到，大自然还是把虚无缥缈的时间用具体的东西暗示给了人们。比如用日出日落标志出一天，用月亮的圆缺标志出一月，用四季（在印度是六季或者两季）标志出一年。农民最关心这些问题，一年二十四个节气对他们种庄稼有重要意义。在自然科学家和哲学家眼中，时间具有另外的意义。他们说，大千世界，人类万物，都生长在时间和空间内，而时间是无头无尾的，空间是无边无际的。我既不是自然科学家，也不是哲学家，对无头无尾和无边无际实在难以理解。可是不这样又能怎样呢？如果时间有了头尾，头以前尾以后又是什么呢？因此，难以理解也只得理解，此外更没有其他途径。

生与死也属于时间范畴。一般人总是把生与死绝对对立起来。但是，中国古代的道家却主张"万物方生方死"，把生与死辩证地联系在一起，而且准确无误地道出了生即是死的关系。随着座钟秒针的一跳，我自己就长了无法用言语表达出来的那么一点点儿。同时也就是向着死亡走近了那么一点点儿。不但我是这样，现在正是初夏，窗外的玉兰花、垂柳和深埋在清塘里的荷花，也都长了那么一点点儿。不久前还是冰封的湖水，现在是"风乍起，吹皱一池夏水"，波光潋滟，水色接天。岸上的垂杨，从光秃秃的枝条上逐渐长出了小叶片，一转瞬间，出现了一片鹅黄；再一转瞬，就是一片嫩绿，现在则是接近浓绿了。小山上原来是一片枯草，"一夜东风送春暖，满山开遍二月兰"。今年是二月兰的大年，山上地上，只要有空隙，二月兰必然出现在那里，座钟的秒针再跳上多少万次，二月兰即将枯萎，也就是走向暂时的死亡了。所有这些东西，都是方生方死。这是自然的规律，不可逆转的。

印度人是聪明的，他们把时间和死亡视为一物。梵文 hāla，既是"时间"，又是"死亡或死神"。《罗摩衍那》的主人公罗摩，在活了极长的时间以后，hāla 走上门来，这表示他就要死亡了。罗摩泰然处之，既不"饮恨"，也不"吞声"。他知道这是自然规律，人类是无能为力的。我们今天知道，不但人类是这样，世界上万事万物都有始有终，无一例外。"顺其自然"是最好的办法。我在这里顺便说一下。在梵文里，动词"死"的字根是 mn；但是此字不用 manati 来表示现在时，而是用被动式 mniyati（ti），这表示，印度人认为"死"是被动的，主动自杀者究属少数。

同印度人比较起来，中国人大概希望争取长生。越是有钱有势的人越希望活下去，在旧社会里生活在水深火热中的小百姓，决不会愿意长远活下去的。而富有天下的天子则热切希望长生。中国历史上几位有名的英主，莫不如此。秦始皇和汉武帝都寻求不死之药或者仙丹什么的。连唐太宗都是服用了印度婆罗门的"仙药"而中毒身亡的。老百姓书呆子中也有寻求肉身升天的，而且连鸡犬都带了上去。我这个木头脑袋瓜真想也想不通。如果真有那么一个"天"的话，人数也不会太多。升到那里去干些什么呢？那里不会有官僚衙门，想走后门靠贿赂来谋求升官，没有这个可能。那里也不会有什么市场，什么WTO，想发财也英雄无用武之地。想打麻将，唱卡拉OK，唱几天，打几天，还是会有兴趣的，但让你一月月一年年永远打下去，你受得了吗？养鸡喂狗，永远喂下去，你也受不了。"不为无益之事，何以遣无涯之生！"无益之事天上没有。在天上待长了，你一定会自杀的。苏东坡说"起舞弄清影，何似在人间！"是有见地之言。我们还是老老实实待在人间吧。

  要待在人间，就必须受时间的制约。在时间面前，人人平等。如果想不通我在上面说的那一些并不深奥的道理，时间就变成了枷锁，让你处处感到不舒服。但是，如果真想通了，则戴着枷锁跳舞反而更能增加一些意想不到的兴趣。我自认是想通了。现在照样一抬头就看到书桌上座钟的秒针一跳一跳地向前走动，但是我的心却不跳了。我觉得这是时间给我提醒儿，让我知道时间的价值。"一寸光阴不可轻"，朱子这一句诗对我这个年过九十的老头儿也是适用的。

2002年3月31日

第四讲

人间自有真情在

赋得永久的悔

题目是韩小蕙女士出的,所以名之曰"赋得"。但文章是我心甘情愿作的,所以不是八股。

我为什么心甘情愿作这样一篇文章呢?一言以蔽之,题目出得好,不但实获我心,而且先获我心:我早就想写这样一篇东西了。

我已经到了望九之年。在过去的七八十年中,从乡下到城里;从国内到国外;从小学、中学、大学到洋研究院;从"志于学"到超过"从心所欲不逾矩",曲曲折折,坎坎坷坷,既走过阳关大道,也走过独木小桥;既经过"山重水复疑无路",又看到"柳暗花明又一村",喜悦与忧伤并驾,失望与希望齐飞,我的经历可谓多矣。要讲后悔之事,那是俯拾即是。要选其中最深切、最真实、最难忘的悔,也就是永久的悔,那也是唾手可得,因为它片刻也没有离开过我的心。

我这永久的悔就是:不该离开故乡,离开母亲。

我出生在鲁西北一个极端贫困的村庄里。我们家是贫中之贫,真可以说是贫无立锥之地。"十年浩劫"中,我自己跳出来反对北大那一位倒行逆施但又炙手可热的"老佛爷",被她视为眼中钉,必欲除之而后快。她手下的小喽啰们曾两次窜到我的故乡，处心积虑把我"打"成地主，他们那种狗仗人势穷凶极恶的教师爷架子，并没有能吓倒我的乡亲。我小时候的一位伙伴指着他们的鼻子，大声说："如果让整个官庄来诉苦的话，季羡林家里是第一家！"

这一句话并没有夸大，他说的是实情。我祖父母早亡，留下了我父亲等三个兄弟，孤苦伶仃，无依无靠。最小的一叔送了人。我父亲和九叔饿得没有办法，只好到别人家的枣林里去捡落到地上的干枣充饥。这当然不是长久之计。最后兄弟俩被逼背井离乡，盲流到济南去谋生。此时他俩也不过十几二十岁。在举目无亲的大城市里，必然是经过千辛万苦，九叔在济南落住了脚。于是我父亲就回到了故乡，说是农民，但又无田可耕。又必然是经过千辛万苦，九叔从济南有时寄点钱回家，父亲赖以生活。不知怎么一来，竟然寻（读xín）上了媳妇，她就是我的母亲。母亲的娘家姓赵，门当户对，她家穷得同我们家差不多，否则也决不会结亲。她家里饭都吃不上，哪里有钱、有闲上学。所以我母亲一个字也不识，活了一辈子，连个名字都没有。她家是在另一个庄上，离我们庄五里路。这个五里路就是我母亲毕生所走的最长的距离。

北京大学那一位"老佛爷"要"打"成"地主"的人，也就是我，就出生在这样一个家庭里，就有这样一位母亲。

后来我听说，我们家确实也"阔"过一阵。大概在清末民初，九叔在东三省用口袋里剩下的最后的五角钱，买了十分之一的湖北水灾奖券，中了奖。兄弟俩商量，要"富贵而归故乡"，回家扬一下眉，吐一下气。于是把钱运回家，九叔仍然留在城里，乡里的事由父亲一手张罗。他用荒唐离奇的价钱，买了砖瓦，盖了房子。又用荒唐离奇的价钱，置了一块带一口水井的田地。一时兴会淋漓，真正扬眉吐气了。可惜好景不长，我父亲又用荒唐离奇的方式，仿佛宋江一样，豁达大度，招待四方朋友。一转瞬间，盖成的瓦房又拆了卖砖，卖瓦。有水井的田地也改变了主人。全家又回归到原来的情况。我就是在这个时候，在这样的情况下降生到人间来的。

母亲当然亲身经历了这个巨大的变化。可惜，当我同母亲住在一起的时候，我只有几岁，告诉我，我也不懂。所以，我们家这一次陡然上升，又陡然下降，只像是昙花一现，我到现在也不完全明白。这个谜恐怕要成为永恒的谜了。

不管怎样，我们家又恢复到从前那种穷困的情况。后来听人说，我们家那时只有半亩多地。这半亩多地是怎么来的，我也不清楚。一家三口人就靠这半亩多地生活。城里的九叔当然还会给点儿接济，然而像中湖北水灾奖那样的事儿，一辈子有一次也不算少了，九叔没有多少钱接济他的哥哥了。

家里日子是怎样过的，我年龄太小，说不清楚。反正吃得极坏，这个我是懂得的。按照当时的标准，吃"白的"（指麦子面）最高，其次是吃小米面或棒子面饼子，最次是吃红高粱饼子，颜色是红的，像猪肝一样。"白的"与我们家无缘。"黄的"（小米面或棒子面饼子颜色都是黄的）与我们缘分也不大。终日为伍者只有"红的"。这"红的"又苦又涩，真是难以下咽。但不吃又害饿，我真有点儿谈"红"色变了。

但是，小孩子也有小孩子的办法。我祖父的堂兄是一个举人，他的夫人我喊她奶奶。他们这一支是有钱有地的。虽然举人死了，但家境依然很好。我这一位大奶奶仍然健在。她的亲孙子早亡，所以把全部的钟爱都倾注到我身上来。她是整个官庄能够吃"白的"的仅有的几个人中之一。她不但自己吃，而且每天都给我留出半个或者四分之一个白面馍馍来。我每天早晨一睁眼，立即跳下炕来向村里跑，我们家住在村外。我跑到大奶奶跟前，清脆甜美地喊上一声："奶奶！"她立即笑得合不上嘴，把手缩回到肥大的袖子，从口袋里掏出一小块馍馍，递给我，这是我一天最幸福的时刻。

此外，我也偶尔能够吃一点"白的"，这是我自己用劳动换来的。一到夏天麦收季节，我们家根本没有什么麦子可收。对门住的宁家大婶子和大姑——她们家也穷得够呛——就带我到本村或外村富人的地里去"拾麦子"。所谓"拾麦子"就是别家的长工割过麦子，总还会剩下那么一点点麦穗，这些都是不值得一捡的，我们这些穷人就来"拾"。因为剩下的绝不会多，我们拾上半天，也不过拾半篮子；然而对我们来说，这已经是如获至宝了。一定是大婶和大姑对我特别照顾，以一个四五岁、五六岁的孩子，拾上一个夏天，也能拾上十斤八斤麦粒。这些都是母亲亲手搓出来的。为了对我加以奖励，麦季过后，母亲便把麦子磨成面，蒸成馍馍，或贴成白面饼子，让我解解馋。我于是就大快朵颐了。

记得有一年，我拾麦子的成绩也许是有点"超常"。到了中秋节——农民嘴里叫"八月十五"——母亲不知从哪里弄了点月饼，给我掰了一块，我就蹲在一块石头旁边，大吃起来。在当时，对我来说，月饼可真是神奇的好东西，龙肝凤髓也难以比得上的，我难得吃上一次。我当时并没有注意，母亲是否也在吃。现在回想起来，她根本一口也没有吃。不但是月饼，连其他"白的"，母亲从来都没有尝过，都留给我吃了。她大概是毕生就与红色的高粱饼子为伍。到了俭年,连这个也吃不上,那就只有吃野菜了。

至于肉类,吃的回忆似乎是一片空白。我姥娘家隔壁是一家卖煮牛肉的作坊。给农民劳苦耕耘了一辈子的老黄牛,到了老年,耕不动了,几个农民便以极其低的价钱买来,用极其野蛮的办法杀死,把肉煮烂,然后卖掉。老牛肉难煮,实在没有办法,农民就在肉锅里小便一通,这样肉就好烂了。农民心肠好,有了这种情况,就昭告四邻:"今天的肉你们别买!"姥娘家穷,虽然极其疼爱我这个外孙,也只能用土罐子,花几个制钱,装一罐子牛肉汤,聊胜于无。记得有一次,罐子里多了一块牛肚子,这就成了我的专利。我舍不得一气吃掉,就用生了锈的小铁刀,一块一块地割着吃,慢慢地吃。这一块牛肚真可以同月饼媲美了。

"白的"、月饼和牛肚难得,"黄的"怎样呢?"黄的"也同样难得。但是,尽管我只有几岁,我却也想出了办法。到了春、夏、秋三个季节,庄外的草和庄稼都长起来了。我就到庄外去割草,或者到人家高粱地里去擗高粱叶。擗高粱叶,田主不但不禁止,而且还欢迎;因为叶子一擗,通风情况就能改进,高粱长得就能更好,粮食打得就能更多。草和高粱叶都是喂牛用的。我们家穷,从来没有养过牛。我二大爷家是有地的,经常养着两头大牛。我这草和高粱叶就是给它们准备的。每当我这个不到三块豆腐干高的孩子背着一大捆草或高粱叶走进二大爷的大门,我心里有所恃而不恐,把草放在牛圈里,赖着不走,总能蹭上一顿"黄的"吃,不会被二大娘"卷"(我们那里的土话,意思是"骂")出来。到了过年的时候,自己心里觉得,在过去的一年里,自己喂牛立了功,又有了勇气到二大爷家里赖着吃黄面糕。黄面糕是用黄米面加上枣蒸成的,颜色虽黄，却位列"白的"之上，因为一年只在过年时吃一次，"物以稀为贵"，于是黄面糕就贵了起来。

我上面讲的全是吃的东西。为什么一讲到母亲就讲起吃的东西来了呢？原因并不复杂。第一，我作为一个孩子容易关心吃的东西。第二，所有我在上面提到的好吃的东西，几乎都与母亲无缘。除了"红的"以外，其余她都不沾边儿。我在她身边只待到六岁，以后两次奔丧回家，待的时间也很短。现在我回忆起来，连母亲的面影都是迷离模糊的，没有一个清晰的轮廓。特别有一点，让我难解而又易解：我无论如何也回忆不起母亲的笑容来，她好像是一辈子都没有笑过。家境贫困，儿子远离，她受尽了苦难，笑容从何而来呢？有一次我回家听对面的宁大婶子告诉我说："你娘经常说：'早知道送出去回不来，我无论如何也不会放他走的！'"简短的一句话里面含着多少辛酸、多少悲伤啊！母亲不知有多少日日夜夜，眼望远方，盼望自己的儿子回来啊！然而这个儿子却始终没有归去，一直到母亲离开这个世界。

对于这个情况，我最初懵懵懂懂，理解得并不深刻。到了上高中的时候，自己大了几岁，逐渐理解了。但是自己寄人篱下，经济不能独立，空有雄心壮志，怎奈无法实现，我暗暗地下定了决心，立下了誓愿：一旦大学毕业，自己找到工作，立即迎养母亲。然而没有等到我大学毕业，母亲就离开我走了，永远永远地走了。古人说："树欲静而风不止，子欲养而亲不待。"这话正应到我身上。我不忍想象母亲临终时思念爱子的情况；一想到，我就会心肝俱裂，眼泪盈眶。当我从北平赶回济南，又从济南赶回清平奔丧的时候，看到了母亲的棺材，看到那简陋的屋子，我真想一头撞死在棺材上,随母亲于地下。我后悔,我真后悔,我千不该万不该离开了母亲。世界上无论什么名誉,什么地位,什么幸福,什么尊荣,都比不上待在母亲身边,即使她一个字也不识,即使整天吃"红的"。

这就是我的"永久的悔"。

1994 年 3 月 5 日

寸草心

我已至望九之年，在这漫长的生命中，亲属先我而去的，人数颇多。俗话说："死人生活在活人的记忆里。"先走的亲属当然就活在我的记忆里。越是年老，想到他们的次数越多。想得最厉害的偏偏是几位妇女。因为我是一个激烈的女权卫护者吗？不是的。那么究竟原因何在呢？我说不清。反正事实就是这样。我只能说是因缘和合了。

我在下面依次讲四位妇女。前三位属于"寸草心"的范畴，最后一位算是借了光。

大奶奶

我的上一辈，大排行，共十一位兄弟。老大、老二，我叫他们"大大爷"、"二大爷"，是同父同母所生。大大爷是个举人，做过一任教谕，官阶未必入流，却是我们庄最高的功名，最大的官，因此家中颇为富有。兄弟俩分家，每人还各得地五六十亩。后来被划为富农。老三、老四、老五、老六、老八、老十，我从未见过，他们父母生身情况不清楚,因家贫遭灾,闯了关东,黄鹤一去不复归矣。老七、老九、老十一,是同父同母所生。老七是我父亲,从小父母双亡,我从来没有见过我的祖父母。贫无立锥之地,十一叔送给了别人,改了姓。九叔也万般无奈被迫背井离乡,流落济南,好歹算是在那里立定了脚跟。我六岁离家,投奔的就是九叔。

所谓"大奶奶",就是举人的妻子。大大爷生过一个儿子,也就是说,大奶奶有过一个儿子。可惜在娶妻生子后就夭亡了。我从来没有见过他。因此,在我上一辈十一人中,男孩子只有我这一个独根独苗。在旧社会"不孝有三,无后为大"的环境中,我成了家中的宝贝,自是意中事。可能还有一些别的原因,在我六岁离家之前,我就成了大奶奶的心头肉,一天不见也不行。

我们家住在村外,大奶奶住在村内。有很长一段时间,我每天早晨一睁眼,滚下土炕,一溜烟就跑到村内,一头扑到大奶奶怀里。只见她把手缩进非常宽大的袖筒里,不知从什么地方拿出半块或一整个白面馒头,递给我。当时吃白面馒头叫作吃"白的",全村能每天吃"白的"的人,屈指可数,大奶奶是其中一个,季家全家是唯一的一个。对我这个连"黄的"(指小米面和玉米面)都吃不到,只能凑合着吃"红的"(红高粱面)的小孩子,"白的"简直就像是龙肝凤髓,是我一天望眼欲穿地最希望享受到的。

按年龄推算起来,从能跑路到离开家,大约是从三岁到六岁,是我每天必见大奶奶的时期,也是我一生最难忘怀的一段生活。我的记忆中往往闪出一株大柳树的影子。大奶奶弥勒佛似的端坐在一把奇大的椅子上。她身躯胖大,据说食量很大。有一次,家人给她炖了一锅肉。她问家里的人:"肉炖好了没有?给我盛一碗拿两个馒头来,我尝尝!"食量可见一斑。可惜我现在怎么样也挖不出吃肉的回忆。我不会没吃过的。大概我的最高愿望也不过是吃点"白的",超过这个标准,对我就如云天渺茫,连回忆都没有了。

可是我终于离开了大奶奶,以古稀或耄耋的高龄,失掉我这块心头肉,大奶奶内心的悲伤,完全可以想象。"遥怜小儿女,未解忆长安。"我只有六岁,稍有点不安,转眼就忘了。等我第一次从济南回家的时候,是送大奶奶入土的。从此我就永远失掉了大奶奶。

大奶奶会永远活在我的记忆中。

我的母亲

我是一个最爱母亲的人,却又是一个享受母爱最少的人。我六岁离开母亲,以后有两次短暂的会面,都是由于回家奔丧。最后一次是分离八年以后,又回家奔丧。这次奔的却是母亲的丧。回到老家,母亲已经躺在棺材里,连遗容都没能见上。从此,天人永隔,连回忆里母亲的面影都变得迷离模糊,连在梦中都见不到母亲的真面目了。这样的梦,我生平不知已有多少次。直到耄耋之年,我仍然频频梦到面目不清的母亲,总是老泪纵横,哭着醒来。对享受母亲的爱来说,我注定是一个永恒的悲剧人物了。奈之何哉!奈之何哉!

关于母亲,我已经写了很多,这里不想再重复。我只想写一件我决不相信其为真而又热切希望其为真的小事。

在清华大学念书时,母亲突然去世。我从北平赶回济南,又赶回清平，送母亲入土。我回到家里，看到的只是一个黑棺材，母亲的面容再也看不到了。有一天夜里，我正睡在里间的土炕上，一叔陪着我。中间隔一片枣树林的对门的宁大叔，径直走进屋内，绕过母亲的棺材，走到里屋炕前，把我叫醒，说他的老婆宁大婶"撞客"了——我们那里把鬼附人体叫作"撞客"，撞的"客"就是我母亲。我大吃一惊，一骨碌爬起来，跌跌撞撞，跟着宁大叔，穿过枣林，来到他家。宁大婶坐在炕上，闭着眼睛，嘴里却不停地说着话，不是她说话，而是我母亲。一见我（毋宁说是一"听到我"，因为她没有睁眼），就抓住我的手，说："儿啊！你让娘想得好苦呀！离家八年，也不回来看看我。你知道，娘心里是什么滋味呀！"如此刺刺不休，说个不停。我仿佛当头挨了一棒，懵懵懂懂，不知所措。按理说，听到母亲的声音，我应当号啕大哭。然而，我没有，我似乎又清醒过来。我在潜意识中，连声问着自己：这是可能的吗？这是真事吗？我心里酸甜苦辣，搅成了一锅酱。我对"母亲"说："娘啊！你不该来找宁大婶呀！你不该麻烦宁大婶呀！"我自己的声音传到我自己的耳朵里，一片空虚，一片淡漠。然而，我又不能不这样，我的那一点"科学"起了支配的作用。"母亲"连声说："是啊！是啊！我要走了。"于是宁大婶睁开了眼睛，木然、愕然坐在土炕上。我回到自己家里，看到母亲的棺材，伏在土炕上，一直哭到天明。

我不能相信这是真的，但是希望它是真的。倚闾望子，望了八年，终于"看"到了自己心爱的独子，对母亲来说不也是一种安慰吗？但这是多么渺茫，多么神奇的一种安慰呀！

母亲永远活在我的记忆里。

我的婶母

这里指的是我九叔续弦的夫人。第一位夫人，虽然是把我抚养大的，我应当感谢她；但是，留给我的却不都是愉快的回忆。我写不出什么文章。

这一位续弦的婶母，是在1935年夏天我离开济南以后才同叔父结婚的，我并没见过她。到了德国写家信，虽然"敬禀者"的对象中也有"婶母"这个称呼，对我来说却是一个空洞的概念。一直到1947年，也就是说十二年以后，我从北平乘飞机回济南，才把概念同真人对上了号。

婶母（后来我们家里称她为"老祖"）是绝顶聪明的人，也是一个有个性有脾气的人。我初回到家，她是斜着眼睛看我的。这也难怪。结婚十几年了，忽然凭空冒出来了一个侄子。"他是什么人呢？好人？坏人？好不好对付？"她似乎有这样多问号。这是人之常情，不能怪她。

我却对她非常尊敬，她不是个一般的人。我离家十二年，我在欧洲经历了第二次世界大战，她在国内经历了日军占领和抗日战争。我是亲老、家贫、子幼。可是鞭长莫及。有五六年，音讯不通。上有老，下有小，叔父脾气又极暴烈，甚至有点乖戾，极难侍奉。有时候，经济没有来源，全靠她一个人支持。她摆过烟摊；到小市上去卖衣服家具；在日军刺刀下去领混合面；骑着马到济南南乡里去勘查田地，充当地牙子，赚点钱供家用；靠自己幼时所学的中医知识，给人看病。她以"少妻"的身份，对付难以对付的"老夫"。她的苦心至今还催我下泪。在这万分艰苦的情况下，她没让孙女和孙子失学，把他们抚养成人。总之，一句话，如果没有老祖，我们的家早就完了。我回到家里来也恐怕只能看到一座空房，妻离子散，叔父归天。

我自认还不是一个浑人。我极重感情，决不忘恩。老祖的所作所为，我看到眼里，记在心中。回北平以后，给她写了一封长信，称她为"老季家的功臣"。听说，她很高兴。见了自己的娘家人，详细通报。从此，她再也不斜着眼睛看我了，我们两人之间的关系十分融洽，互相尊重。我们全家都尊敬她，热爱她，"老祖"这一个朴素简明的称号，就能代表我们全家人的心。

叔父去世以后，老祖同我的妻子彭德华从济南迁来北京。我们一起生活了将近三十年，从没有半点龃龉，总是你尊我敬。自从我六岁到济南以后，六七十年来，我们家从来没有吵过架，这是极为难得的。我看进入吉尼斯世界纪录，也不为过。老祖到我们家以后，我们能这样和睦，主要归功于她和德华两人，我在其中起的作用，微乎其微。以八十多的高龄，老祖身体健康，精神愉快，操持家务，全都靠她。我们只请了做小时工的保姆。老祖天天背着一个大黑布包，出去采买食品菜蔬，成为朗润园的美谈。老祖是非常满意的，告诉自己的娘家人说："这一家子都是很孝顺的。"可见她晚年心情之一斑。我个人也是非常满意的，我安享了二三十年的清福。老祖以九十岁的高龄离开人世。我想她是含笑离开的。

老祖永远活在我的记忆里。

1995年6月24日

我的妻子

我在上面说过：德华不应该属于"寸草心"的范畴。她借了光。人世间借光的事情也是常有的。

我因为是季家的独根独苗，身上负有传宗接代的重大任务，所以十八岁就结了婚。父母之命，媒妁之言，自不在话下。德华长我四岁。对我们家来说，她真正做到了"毫不利己，专门利人"，一辈子勤勤恳恳，有时候还要含辛茹苦。上有公婆，下有稚子幼女，丈夫十几年不在家。公公又极难侍候，家里又穷，经济朝不保夕。在这些年，她究竟受了多少苦，她只是偶尔对我流露一点，我实在说不清楚。

德华天资不是太高，只念过小学，大概能认千八百字。当我念小学的时候，我曾偷偷地看过许多旧小说，什么《西游记》、《封神演义》、《彭公案》、《施公案》、《济公传》、《七侠五义》、《小五义》等都看过。当时这些书对我来说是"禁书"，叔叔称之为"闲书"。看"闲书"是大罪状，是绝对不允许的。但是，不但我，连叔父的女儿秋妹都偷偷地看过不少。她把小说中常见的词儿"飞檐走壁"念成"飞腾走壁"，一时传为笑柄。可是，德华一辈子也没有看过任何一部小说，别的书更谈不上了。她没有给我写过一封信，她根本拿不起笔来。到了晚年，连早年能认的千八百字也都大半还给了老师，剩下的不太多了。因此，她对我一辈子搞的这一套玩意儿根本不知道是什么东西，有什么意义。她似乎从来也没有想知道过。在这方面，我们俩毫无共同的语言。

在文化方面，她就是这个样子。然而，在道德方面，她却是超一流的。上对公婆，她真正尽上了孝道；下对子女，她真正做到了慈母应做的一切；中对丈夫，她绝对忠诚，绝对服从，绝对爱护。她是一个极为难得的孝顺媳妇，贤妻良母。她对待任何人都是忠厚诚恳，从来没有说过半句闲话。她不会撒谎，我敢保证，她一辈子没有说过半句谎话。如果中国将来要修"二十几史"，而其中又有什么"妇女列传"或"闺秀列传"的话，她应该榜上有名。

1962年，老祖同德华从济南搬到北京来。我过单身汉生活数十年，现在总算是有了一个家。这也是德华一生的黄金时期，也是我一生最幸福的时候。我们家里和睦相处，你尊我让，从来没有吵过嘴。有时候家人朋友团聚，食前方丈，杯盘满桌，烹饪往往由她们二人主厨。饭菜上桌，众人狼吞虎咽，她们俩却往往是坐在一旁，笑眯眯地看着我们吃，脸上流露出极为愉悦的表情。对这样的家庭，一切赞誉之词都是无用的，都会黯然失色的。

我活到了八十多，参透了人生真谛。人生无常，无法抗御。我在极端的快乐中，往往心头闪过一丝暗影：天下无不散的筵席。我们家这一出十分美满的戏，早晚会有煞戏的时候。果然，老祖先走了，去年德华又走了。她也已活到超过米寿，她可以瞑目了。德华永远活在我的记忆里。

1995年6月25日

元旦思母

又一个新的元旦来到了我的眼前。这样的元旦,我已经过过九十几个。要说我对它没有新的感觉,不是恰如其分吗?

但是,古人诗说:"每逢佳节倍思亲。"当前的元旦,是佳节中最佳的节。"天增岁月人增寿,春满乾坤福满门",还能有比这更有意义的事情吗?还能有比这更佳的佳节吗?我是一个富有感情的人,感情超过需要的人,我焉得而不思亲乎?

思亲首先就是思母亲。

母亲逝世已经超过半个世纪了。我怀念她的次数却是越来越多,灵魂的震荡越来越厉害。我实在忍受不了,真想追母亲于地下了。

不知是出于什么原因,最近几年以来,我每次想到母亲,眼前总浮现出一张山水画:低低的一片山丘,上面修建了一座亭子,周围植绿竹十余竿,幼树十几株,地上有青草。按道理,这样一幅画的底色应该是微绿加微黄,宛然一幅元人倪云林的小画。然而我眼前的这幅画整幅显出了淡红色,这样一个地方,在宇宙间是找不到的。可是,我每次一想母亲,这幅画便飘然出现,到现在已经出现过许多许多次，从来没有一点改变。胡为而来哉！恐怕永远也不会找到答案的。也或许是说，在这一幅小画上的我的母亲，在这一元复始，万象更新之际，让这一幅小画告诫我，永远不要停顿，要永远向前，千万不能满足于当前自己已经获得的这一点小小的成就。要前进，再前进，永不停息。

2006 年 1 月 3 日

夜来香开花的时候

夜来香开花的时候，我想到王妈。我不能忘记，在我刚走出童年的几年中，不知道有几个夏夜里，当闷热渐渐透出了凉意，我从飘忽的梦境里转来的时候，往往可以看到窗纸上微微有点白；再一沉心，立刻就有嗡嗡的纺车的声音，混着一阵阵的夜来香的幽香，流了进来。倘若走出去看的话，就可以看到，一盏油灯放在夜来香丛的下面，昏黄的灯光照彻了小院，把花的高大支离的影子投在墙上，王妈坐在灯旁纺着麻，她的黑而大的影子也被投在墙上，合了花的影子在晃动着。

她是老了。我不知道她什么时候到我们家里来的。当我从故乡里来到这个大都市的时候，我就看到她已经在我们家里来来往往地做着杂事。那时，已经似乎很老了。对我，从那时到现在，是一个从莫名其妙的朦胧里渐渐走到光明的一段。最初，我看到一切事情都像隔了一层薄纱。虽然到现在这层薄纱也没能撤去，但渐渐地却看到了一点光亮，于是有许多事情就不能再使我糊涂。就在这从朦胧到光亮的一段里，我们搬过两次家。第一次搬到一条歪曲铺满了石头的街上。王妈也跟了来。房子有点旧，墙上满是雨水的渍痕。

只有一个窗子的屋里白天也是暗沉沉的。我童年的大部分的时间就在这黑暗屋里消磨过去。院子里每一块土地都印着我的足迹。现在我还能清晰地记起来屋顶上在秋风里颤抖的小草，墙角檐下挂着的蛛网。但倘若笼统想起来的话，就只剩一团苍黑的印象了。

倘若我的记忆可靠的话，在我们搬到这苍黑的房子里第二年的夏天，小小的院子里就有了夜来香。当时颇有一些在一起玩的小孩，往往在闷热的黄昏时候聚在一块，仰卧在席上数着天空里飞来飞去的蝙蝠。但是最引我们注意的却是夜来香的黄花——最初只是一个长长的花苞，我们目不转睛地注视着它。还不开，还不开，蓦地一眨眼，再看时，长长的花苞已经开放成伞似的黄花了。在当时的心里，觉得这样开的花是一个奇迹。这花又毫不吝惜地放着香气。王妈也很高兴。每天她总把所有开过的花都数一遍。当她数着的时候，随时有新的花在一闪一闪地开放着。她眼花缭乱，数也数不清。我们看了她慌张而又用心的神情，不禁一哄笑起来。就这样每一个黄昏都在奇迹和幽香里度过。每一个夜跟着每一个黄昏走了来。在清凉的中夜里，当我从飘忽的梦境里转来的时候，就可以看到王妈的投在墙上的黑而大的影子在合着夜来香的影子晃动了。

就在这样一个环境里，我第一次觉到我的眼前渐渐地亮起来。以前我看王妈只像一个影子。现在我才发现她也同我一样的是一个活动的人。但是我仍然不明了她的身世。在小小的心灵里，我并想不到她这样大的年纪出来佣工有什么苦衷；我只觉得她同我们住在一起，就是我们家里的一个人，她也应该同我们一样地快活。童稚的心岂能知道世界上还有不快活的事情吗？

在初秋的暴雨里，我看到她提着篮子出去买菜；在严冬大雪的早晨，我看到她点着灯起来生炉子。冷风把她手吹得红萝卜似的开了裂，露出鲜红的肉来。我永远忘不掉这两只有着鲜红裂口的手！她有自己的感情，自己的脾气，这些都充分表示出一个北方农民的固执与倔强。但我在黄昏的灯下却常听到她不时吐出的叹息了。我从小就是孤独的。在我小小的心里，一向感觉到缺少点什么。我虽然从没叹息过，但叹息却堆在我的心里。现在听了她的叹息，我的心仿佛得到被解脱的痛快。我愿意听这样的低咽的叹息从这垂老的人的嘴里流出来。在她，不知因为什么，闲下来的时候，也总爱找着我说话。她告诉我，她的丈夫是她村里唯一的秀才，但没能捞上一个举人就死去了。她自己被家里的妯娌们排挤，不得已才出来佣工。有一个儿子，因为乡里没有饭吃，到关外做买卖去了。留下一个媳妇在这大城里，似乎也不大正经。她又告诉我，她年轻的时候，怎样刚强，怎样有本领，和许多别的美德；但谁又知道，在垂老的暮年又被迫着走出来谋生，只落得几声叹息呢？

以后，这叹息就时时可以听到。她特别注意到我衣服寒暖。在冬天里，她替我暖，在夏夜里，她替我用大芭蕉扇赶蚊子。她仍然照常地提着篮子出去买菜，冬天早晨用开了鲜红裂口的手生炉子。当夜来香开花的时候，又可以看到她郑重其事地数着花朵。但在不寐的中夜里，晚秋的黄昏里，却连续听到她的叹息，这叹息在沉寂里回荡着，更显得凄冷了。她仿佛时常有话要说。被追问的时候，却什么也不说，脸上只浮起一片惨笑。有时候有意与无意之间，又说到她年轻时候的倔强，她的秀才丈夫。往往归结说到她在关外做买卖的儿子。我们都可以看出来，这老人怎样把暮年的希望和幻想放在她儿子身上。我也曾替她写过几封信给她的儿子，但终于也没能得到答复。这老人心里的悲哀恐怕只有她一个人知道了。

不记得是哪一年,在夏天,又是夜来香开花的时候,她儿子来了信。信里说的,却并不像她想的那样满意,只告诉她,他在关外勤苦几年挣的钱都给别人骗走了;他因为生气,现在正病着,结尾说:"倘若母亲还要儿子的话,就请汇钱给我回家。"这样一封信给她怎样的影响,我们大概都可以想象得出。连着叹了几口气以后,她并没说什么话,但脸色却更阴沉了。这以后,没有叹气,我们只看到眼泪。

我前面不是说,我渐渐从朦胧里走向光明里去吗?现在我眼前似乎更亮了。我看透了一些事情:我知道在每个人嘴角常挂着的微笑后面有着怎样的冷酷;我看出大部分的人们都给同样黑暗的命运支配着。王妈就在这冷酷和黑暗的命运下呻吟着活下来。我看透了这老人的眼泪里有着无量的凄凉。我也了解了她的寂寞。

在这时候,我们又搬了一次家,只不过从这条铺满了石头的街的中间移到南头。王妈仍然跟了来。房子比以前好一点,再看不到四壁的雨痕和蜘蛛。每座屋子也都有了两个以上的窗子,而且窗子上还有玻璃。尤其使我满意的是西屋前面两棵高过房檐的海棠。时候大概是春天,因为才搬进来的时候,树上还开满着一团团的花。就在这一年的夏天,大概因为院子大了一点吧,满院里,除了一个大水缸养着子午莲和几十棵凤仙花和其他杂花以外,便只看到一丛丛的夜来香。我现在已经不是孩子,有许多地方要摆出安详的样子来;但在夏天的黄昏时候,却仍然做着孩子时候做的事情。我坐在院子里数着天上飞来飞去的蝙蝠。看着夜色慢慢织入夜来香丛里,一片朦胧的薄暗。一眨眼,眼前已经是一片黄黄的伞似的花了。跟着又有幽香流过来。夜里同蚊子打过了仗，好容易睡过去。各样的梦做过了以后，从飘忽的梦境里转来的时候，往往可以看到窗上有点白，听到嗡嗡的纺车的声音。走出去，就可以看到王妈的黑大的投在墙上的影子在合着夜来香的影子晃动了。

王妈更老了。但我仍然只看到她的眼泪。在她高兴的时候，她又谈到她的秀才丈夫，她的不大正经的儿媳妇，和她病倒在关外的儿子。她仍然提着篮子出去买菜，冬天老早起来生炉子，从她走路的样子上看来，她真有点老了；虽然她自己在别人说她老的时候还在竭力否认着。她有颗简单纯朴的心。因了年纪更大的关系，这颗心似乎就更纯朴简单。往往因为少得了一点所应得的东西，我们就可以看到她的干瘪了的嘴并拢在一起，腮鼓着。似乎要有什么话从里面流了出来。然而在这样的情形下往往是没有什么流出的。倘若有人意外地给了她点什么，我们也可以意外地看到这老人从心里流出来的快意的笑了。她不会做荒唐的梦，极小的得失可以支配她的感情。她有一颗简单的心。

日子一天一天地过去，这寂寞的老人就在这寂寞里活下去。上天给了她一个爽直的性情，使她不会向别人买好，不会在应当转圈的时候转圈。因为这，在许多极琐碎的事情上，她给了别人一点小小的不痛快，她自己却得到一个更大的不痛快。这时候，我们就见她在把干瘪了的嘴并拢以后，又在暗暗地流着眼泪了。我们都知道，这眼泪并不像以前想到她儿子时的那眼泪那样有意义。这样的眼泪流多了，顶多不过表示她在应当流的泪以外，还有多余的泪，给自己一点轻松。泪流过了不久，就可以看到她高兴地在屋里来来往往地做着杂事了。她有一颗同孩子一样的简单的心。

在没搬家过来以前,我已经到一个在城外的四面满是湖田和荷池的学校里去读书,就住在那里。只在星期日回家一次。在学校里死沉的空气里住过六天以后,到家里觉得仿佛到了另一个世界。进门先看到王妈的欢乐的微笑。等到踏着暮色走回去的时候,心里竟觉得意外地轻松。这样的情形似乎也延长不算很短的一个期间。虽然我自己的心情随时都有着变化,生活却显得惊人地单调。回看花开花落,听老先生沙着声念古文,拼命地在饭堂里抢馒头,感情冲动的时候,也热烈地同别人打架,时间也就慢慢地过去。

又忘记了是多少时候以后,是星期日,当时我从学校里走回家去的时候,我看到一个黄瘦个儿很高的中年男子在替我们搬移着桌子之类的东西。旁人告诉我,这就是王妈的儿子。几个月以前她把储蓄了几年的钱都汇给他,现在他居然从关外回到家来了。但带回来的除了一床破棉被以外,就剩了一个有着几乎各类的一个他那样用自己的力量来换面包的中年人所能有的病的身子,和一双连霹雳都听不到的耳朵。但终于是个活人,是她的儿子,而且又终于回到家里来了。

王妈高兴。在垂暮的老年,自己的独子,从迢迢的塞外回到她跟前来,这样奇迹似的遭遇怎能不使她高兴呢?说到儿子的身体和病,她也会叹几口气,但儿子终于是儿子,这叹息掩不过她的高兴的,不久,她那不大正经的媳妇也不知从哪里名正言顺地找了来,于是一个小家庭就组成了。儿子显然不能再干什么重劳力的活了,但是想吃饭除了劳力之外又似乎没有第二条路可走。在我第二星期回到家里来的时候,就看到她那说话也需要打手势的儿子在咳嗽着一出一进地挑着满桶的水卖钱了。

这以后，对王妈，对我们家里的人，有一个惊人的大转变。从她那里，我们再听不到叹息，看不到眼泪，看到的只有微笑。有时儿子买了一个甜瓜或柿子，甚至几个小小的梨，拿来送给母亲吃。儿子笑，不说话；母亲也笑，更不说话。我们都可以看出来这笑怎样润湿了这老人的心。每逢过节，或特别日子的时候，儿子把母亲接回家去。当吃完儿子特别预备的东西走回来的时候，这老人脸上闪着红光。提着篮子买菜也更带劲，冬天早晨也更起得早。生命对她似乎是一杯香醪。她高兴地活下去，没有了寂寞，也没有了凄凉，即便再说到她丈夫的时候，也只有含着笑骂一声："早死的死鬼！"接着就兴高采烈地夸起自己年轻时的美德来了。我们都很高兴。我们眼看着这老人用手捉住自己的希望和幻想。辛勤了几十年，现在这希望才在她心里开成了花。

日子又平静地过下去。微笑似乎没离开过她。这老人正做着一个天真的梦。就这样差不多过了一年的时间。中间我还在家里住了一个暑假，每天黄昏时候，躺在院子里的竹床上，数着天上的蝙蝠。夜来香每天照例一闪便开了。我们欣赏着花的香，王妈更起劲地像煞有介事似的数着每天开过的花。但在暑假过了以后，当我再每星期日从学校里走回家来的时候，我看到空气似乎有点不同。从王妈那里我又常听到叹息了。她又找着我说话，她告诉我，儿子常生病，又聋。虽然每天拼命挑水，在有点近于接受别人恩惠的情形下接了别人的钱，却连肚皮也填不饱。这使他只有更拼命；然而结果，在已经有了的病以外，又添了其他可能的新病。儿媳妇也学上了许多新的譬如喝酒抽烟之类的毛病。她丈夫自然不能满足她；凭了自己的机警，公然在她丈夫面前同别人调情，而且又进一步姘居起来了。这老人早起晚睡侍候别人颜色挣来的钱,以前是被严谨地锁在一个箱子里的,现在也慢慢地流出来,换成面包,填充她儿子的肚皮了。她为儿子的病焦灼,又生媳妇的气;却没办法。这有一颗简单的心的老人只好叹息了。

儿子病的次数加多起来,而且也厉害起来。在很短的期间,这叹息就又转成眼泪了。以前是因为有幻想和希望而不能捉到才流泪;现在眼看着幻想和希望要在自己手里破碎,这泪当然更沉痛了。我虽然不常在家里,但常听人们说到,每次她从儿子那里回来的时候,总带回来惊人多的叹息和眼泪。问起来,她就说到儿子怎样病,几天不能挑水,柴米没有,媳妇也不知道跑到什么地方去了。于是在静寂的中夜里,就又常听到她低咽的暗泣。她现在再也没有心绪谈到她的秀才丈夫,夸耀自己年轻时的美德,处处都表示出衰老的样子。流泪成了日常的工作;泪也终于流不完。并没延长了多久,她有了病,眼也给一层白膜障上了。她说,她不想死。真的,随处都表示出,她并不想死。她请医生,供神水,喝符,用大葱叶包起七个活着的蜘蛛生生吞下去,以及一切的偏方正方。为了自己的身子,她几乎忘掉了一切。大约有几个月以后吧,身子好了,却只剩下了一只眼。

她更显得衰老了。腰佝偻着,剩下的一只眼似乎也没有什么大用。走路的时候,只是用手摸索着走上去。每次我看她拿重一点的东西而曲着背用力的时候,看到她从儿子那里回来含着泪慢慢地踱进自己的幽暗的小屋里去的时候,我真想哭。虽然失掉一只眼睛,但并没有失掉了固有的性情,她仍然倔强,仍然不会买好,不会在应当转圈的时候转圈;也就仍然常常碰到点小不痛快,流两次无所谓的眼泪。她同以前一样，有着一颗简单又纯朴的心。

四年前，为了一个近于荒诞的理想，我从故乡来到这辽远的故都里。我看到的自然是另一个新的世界，但这世界却不能吸引着我；我时常想到王妈，想到她数夜来香的神情，想到她红萝卜似的开了鲜红裂口的手。第一年寒假回家的时候，迎着我的是她的欢迎的微笑。只有我了解她这笑是怎样勉强做出来的。前年的冬天，我又回家去。照例一阵微微的晕眩以后，我发现家里少了一个人，以前笑着欢迎我的王妈到哪里去了呢？问起来，才知道这老人已经回老家去了。在短短的半年里，她又遭遇到许多不如意的事情。因为看到放在儿子身上的希望和幻想渐渐渺茫起来，又因为自己委实觉得有点老了，于是就用勉强存起来的一点钱在老家托人买了一口棺材。这老人已经看透了自己一生决定了不过是这么回事；趁着没死的时候，预备点东西，过一个痛快的死后的生活吧。但这口棺材却毫无理由地被她一个先死去的亲戚占去了。从年轻时候守节受苦，到垂老的暮年出来佣工，辛苦了一生，老把自己的希望和幻想拴在儿子身上，结果是幻灭；好容易自己又制了一个死后的美丽的梦，现在又给打碎了。她不懂怎样去诉苦，也没人可诉。这颗经了七十年痛创的简单又纯朴的心能容得下这些破损吗？她终于病倒了。

正要带着儿子和媳妇回老家去养病的时候，儿子竟然经不起病的摧折死去了。我不忍去想象，悲哀怎样啮着这老人的心。她终于回了家。我们家里派了一个人去送她。临走的时候，她还带着恳乞的神气说："只要病好了，我还回来。"生命的火还在她心里燃烧着，她不想死的。在严冬的大风雪里，在灰暗的长天下，坐在一辆独轮小车上，一个垂老的人，带了自己独子的棺材，带了一个艰苦地追求了一辈子而终于得到的大空虚,带了一颗碎了的心,回到自己的故乡里去,把一切希望和幻想都抛到后面,人们大概总能想象到这老人的心情吧!我知道会有种种的幻影在她眼前浮掠,她会想到过去自己离开家时的情景,然而现在眼前明显摆着的却是一个不可避免的黑洞,一切就都归到这洞里去。车走上一个小木桥的时候,忽然翻下河去,这老人也被倾到水里。被人捞上来的时候,浑身都结了冰。她自己哭了,别人也都哭起来。人生到这样一个地步,还有什么话可以说呢?这纯朴的老人也不能不咒骂自己的命运了。

我不忍去想象,她怎样在那穷僻的小村里活着的情形。听人说,剩下的一只眼睛也哭得失了明。自己的房子已经卖给别人,只好借住在亲戚家里。一闭眼,我就仿佛能看到她怎样躺到床上呻吟,但没有人去理会她;她怎样起来沿着墙摸索着走,她怎样呼喊着老天。她的红萝卜似的开了裂口流着红血的手在我眼前颤动……以前存的钱一个也没能剩下,她一定会回忆到自己困顿的一生,受尽人们的唾弃,老年也还免不了早起晚睡侍候别人的颜色;到死却连自己一点无论怎样不能成为希望和幻想的希望和幻想都一个不剩地破碎了去。过去的黑影沉重地压在她心头。人到欲哭无泪的地步,还有什么话可说呢?我听不到她的消息,我只有单纯地有点近于痴妄地希望着,她能好起来,再回到我们家里去。

但这岂是可能的呢?第二年暑假我回家的时候,就听人说,王妈死了。我哭都没哭,我的眼泪都堆在心里,永远地。现在我的眼前更亮,我认识了怎样叫人生,怎样叫命运。——小小的院子里仍然挤满了夜来香。黄昏里我仍然坐在院子里的竹床上,悲哀沉重地压住了我的心。我没有心绪再数蝙蝠了。在沉寂里,夜来香自己一闪一闪地开放着，却没有人再去数它们。半夜里，当我再从飘忽的梦境里转来的时候，看不到窗上的微微的白光，也再听不到嗡嗡的纺车的声音，自然更看不到照在四面墙上的黑而大的影子在合着凌乱的枝影晃动。一切都死样的沉寂。我的心寂寞得像古潭。第二天早晨起来的时候，整夜散放着幽香的夜来香的伞似的黄花枝枝都枯萎了。没了王妈，夜来香哪能不感到寂寞呢？

1935 年

温馨的回忆

一想到清华图书馆,一股温馨的暖流便立即油然涌上心头。

在清华园念过书的人,谁也不会忘记两馆:一个是体育馆,一个就是图书馆。

专就图书馆而论,在当时一直到今天,它在中国大学中绝对是一流的。光是那一座楼房建筑,就能令人神往。淡红色的墙上,高大的玻璃窗上,爬满了绿叶葳蕤的爬山虎。新中国成立后,曾加以扩建,建筑面积增加了很多;但是整个建筑的庄重典雅的色调,一点也没有遭到破坏。与前面雄伟的古希腊建筑风格的大礼堂,形成了双峰并峙的局面,一点也不显得有任何逊色。

至于馆内藏书之多,插架之丰富,更是闻名遐迩。不但能为本校师生服务,而且还能为外校,甚至外国的学者提供稀有的资料。根据我的回忆,馆员人数并不多,但是效率极高,而且极有礼貌,有问必答,借书也非常方便。当时清华学生宿舍是相当宽敞的,一间居住两人,每人一张书桌,在屋里读书也是很惬意的。但是,我们还是愿意到图书馆去,那里更安静,而且参考书极为齐全。书香飘满了整个阅览大厅,每个人说话走路都是静悄悄的。人一走进去,立即为书香所迷,进入角色。

我在校时,有一位馆员毕树棠老先生,胸罗万卷,对馆内藏书极为熟悉,听他娓娓道来,如数家珍。学生们乐意同他谈天,看样子他也乐意同青年们侃大山,是一个极受尊敬和欢迎的人。1946年,我出国十多年以后,又回到北京,是在北京大学工作。我打听清华的人,据说毕老先生还健在,我十分兴奋,几次想到清华园去会一会老友;但都因事未果,后来听说他已故去,痛失同这位鲁殿灵光见面的机会,抱恨终天了。

书籍是人类文化和智慧的最重要的载体。世界各国、各地,只要有文字、有书籍的地方,书籍就必然承担起这个十分重要的责任。没有书籍,人类文化的发展,人类社会的进步,就会受到极大的影响,遇到极大的障碍,延缓前进的步伐。而图书馆就是储存这些重要载体的地方。在人类历史上,世界上各个国家,中国的各个朝代,几乎都有类似今天图书馆的设备。这是人类文化之所以能够代代传承下来的重要原因,我们对图书馆必须给予最高的赞扬。

清华大学,包括留美预备学堂和国学研究院在内,建校八十年以来,颇出了一些卓有建树、蜚声士林的学者和作家。其中原因很多。但是,校歌中说的"西山苍苍,东海茫茫;吾校庄严,巍然中央",这是形象的说法,说得很玄远,其意不过是说,清华园有灵气。园中的水木清华、荷塘月色等,都是灵气之所钟。在这样有灵气的地方,又有全国一流的学生,有一些全国一流的教授,再加上有这样一个图书馆，焉能不培养出一些优秀人才呢！

我一想到清华图书馆，就有一种温馨的回忆，我永远不会忘记清华图书馆。

1999年6月15日于香山饭店

第五讲

一寸光阴不可轻

一寸光阴不可轻

中华乃文章大国,北大为人文渊薮,二者实有密不可分的联系,倘机缘巧遇,则北大必能成为产生文学家的摇篮。五四运动时期是一个具体的例证,最近几十年来又是一个鲜明的例证。在这两个时期的中国文坛上,北大人灿若列星。这一个事实我想人们都会承认的。

最近若干年来,我实在忙得厉害,像50年代那样在教书和搞行政工作之余还能有余裕的时间读点当时的文学作品的"黄金时代"一去不复返了。不过,幸而我还不能算是一个懒汉,在"内忧"、"外患"的罅隙里,我总要挤出点时间来,读一点北大青年学生的作品。《校刊》上发表的文学作品,我几乎都看。前不久我读到《北大往事》,这是北大70、80、90三个年代的青年回忆和写北大的文章。其中有些篇思想新鲜活泼,文笔清新俊逸,真使我耳目为之一新。中国古人说:"雏凤清于老凤声。"我——如果大家允许我也在其中滥竽一席的话——和我们这些"老凤",真不能不向你们这一批"雏凤"投过去羡慕和敬佩的眼光了。

但是,中国古人又说:"满招损,谦受益。"我希望你们能够认真体会这两句话的含义。"倚老卖老",固不足取,"倚少卖少"也同样是值得青年人警惕的。天下万事万物,发展永无穷期。人外有人,天外有天,"老子天下第一"的想法是绝对错误的。你们对我们老祖宗遗留下来的浩如烟海的文学作品必须有深刻的了解。最好能背诵几百首旧诗词和几十篇古文,让它们随时涵蕴于你们心中,低吟于你们口头。这对于你们的文学创作和人文素质的提高,都会有极大的好处。不管你们现在或将来是教书、研究、经商、从政,或者是专业作家,都是如此,概莫能外。对外国的优秀文学作品,也必实下一番功夫,简练揣摩。这对你们的文学修养是决不可少的。如果能做到这一步,则你们必然能融会中西,贯通古今,创造出更新更美的作品。

宋代大儒朱子有一首诗,我觉得很有针对性,很有意义,我现在抄给大家:

少年易老学难成,
一寸光阴不可轻。
未觉池塘春草梦,
阶前梧叶已秋声。

这一首诗,不但对青年有教育意义,对我们老年人也同样有教育意义。文字明白如画,用不着过多的解释。光阴,对青年和老年,都是转瞬即逝,必须爱惜。"一寸光阴一寸金,寸金难买寸光阴",这是我们古人留给我们的两句意义深刻的话。

你们现在是处在"燕园幽梦"中,你们面前是一条阳关大道,是一条铺满了鲜花的阳关大道。你们要在这条大道上走上 60 年、70 年、80 年，或者更多的年，为人民，为人类做出出类拔萃的贡献。但愿你们永不忘记这一场燕园梦，永远记住自己是一个北大人，一个值得骄傲的北大人，这个名称会带给你们美丽的回忆，带给你们无量的勇气，带给你们奇妙的智慧，带给你们悠远的憧憬。有了这些东西，你们就会自强不息，无往不利，不会虚度此生。这是我的希望，也是我的信念。

1998 年 5 月 3 日

勤奋、天才（才能）与机遇

人类的才能，每个人都有所不同，这是大家都看到的事实，不能不承认的。但是有一种特殊的才能一般人称之为"天才"。有没有"天才"呢？似乎还有点争论，有点看法的不同。"文化大革命"期间，有一度曾大批"天才"，但其时所批"天才"，似乎与我现在讨论的"天才"不是一回事。根据我六七十年来的观察和思考，有"天才"是否定不了的，特别在音乐和绘画方面。你能说贝多芬、莫扎特不是音乐天才吗？即使不谈"天才"，只谈才能，人与人之间也是相差悬殊的。就拿教梵文来说，在同一个班上，一年教下来，学习好的学生能够教学习差的而有余。有的学生就是一辈子也跳不过梵文这个龙门。这情形我在国内外都见到过。

拿做学问来说，天才与勤奋的关系究竟如何呢？有人说："九十九分勤奋，一分神来（属于天才的范畴）。"我认为，这个百分比应该纠正一下。七八十分的勤奋，二三十分的天才（才能），我觉得更符合实际一点。我丝毫也没有贬低勤奋的意思。无论干哪一行的，没有勤奋，一事无成。我只是感到，如果没有才能而只靠勤奋，一个人发展的极限是有限度的。

现在，我来谈一谈天才、勤奋与机遇的关系问题。我记得六十多年前在清华大学读西洋文学时，读过一首英国诗人 Thomas Gray 的诗，题目大概是叫《乡村墓地哀歌（Elegy）》，诗的内容，时隔半个多世纪，全都忘了，只有一句还记得："在墓地埋着可能有莎士比亚。"意思是指，有莎士比亚天才的人，老死穷乡僻壤间。换句话说，他没有得到"机遇"，天才白白浪费了。上面讲的有张冠李戴的可能；如果有的话，请大家原谅。

总之，我认为，"机遇"（在一般人嘴里可能叫作"命运"）是无法否认的。一个人一辈子做事，读书，不管是干什么，其中都有"机遇"的成分。我自己就是一个活生生的例子。如果"机遇"不垂青，我至今还恐怕是一个识字不多的贫农，也许早已离开了世界。我不是"王半仙"或"张铁嘴"，我不会算卦、相面，我不想来解释这一个"机遇"问题，那是超出我的能力的事。

抓住一个问题终生不放

根据我个人的观察,一个学人往往集中一段时间,钻研一个问题,搜集极勤,写作极苦。但是,文章一旦写成,就把注意力转向另外一个题目,已经写成和发表的文章就不再注意,甚至逐渐遗忘了。我自己这个毛病比较少,我往往抓住一个题目,得出了结论,写成了文章;但我并不把它置诸脑后,而是念念不忘。我举几个例子。

我于1947年写过一篇论文《浮屠与佛》,用汉文和英文发表。但是限于当时的条件,其中包括外国研究水平和资料,文中有几个问题勉强得到解决,自己并不满意,耿耿于怀者垂四十余年。一直到1989年,我得到了新材料,又写了一篇《再谈"浮屠"与"佛"》,解决了那一个悬而未决的问题,心中极喜。最令我欣慰的是,原来看似极大胆的假设竟然得到了证实,心中颇沾沾自喜,对自己的研究更增强了信心。觉得自己的"假设"确够"大胆",而"求证"则极为"小心"。

第二个例子是关于佛典梵语中 — am > o 和 u 的几篇文章。1944年我在德国哥廷根写过一篇论文,谈这个问题,引起了国际上一些学者的注意。有人，比如美国的 F. Edgerton，在他的巨著《混合梵文文法》中多次提到这个音变现象。最初坚决反对，提出了许多假说，但又前后矛盾，不能自圆其说，最后，半推半就，被迫承认，却又不干净利落，窘态可掬；因此引起了我对此人的鄙视。回国以后，我连续写了几篇文章，对 Edgerton 加以反驳。但在我这方面，我始终没有忘记进一步寻找证据，进一步探索。这些情况我在上面的叙述中都已经谈到过。由于资料缺乏，一直到了 1990 年，上距 1944 年已经过了 46 年，我才又写了一篇比较重要的论文《新疆古代民族语言中语尾 — am > u 的现象》。在这里，我用了大量的新资料，证明了我第一篇论文的结论完全正确，无懈可击。

例子还能举出一些来，但是，我觉得，这两个也就够了。我之所以不厌其烦地谈论这个问题，是因为我看到有一些学者，在某一个时期集中精力研究一个问题，成果一出，立即罢手。我不认为这是正确的做法。学术问题，有时候一时难以下结论，必须锲而不舍，终生以之，才可能得到越来越精确可靠的结论。有时候，甚至全世界都承认其为真理的学说，时过境迁，还有人提出异议。听说，国外已有学者对达尔文的"进化论"提出了不同的看法。我认为，这不是坏事，而是好事，真理的长河是永远流逝不停的。

1997 年

成　功

　　什么叫成功？顺手拿来一本《现代汉语词典》，上面写道："成功：获得预期的结果。"言简意赅，明白之至。

　　但是，谈到"预期"，则错综复杂，纷纭混乱。人人每时每刻每日每月都有大小不同的预期，有的成功，有的失败，总之是无法界定，也无法分类，我们不去谈它。

　　我在这里只谈成功，特别是成功之道。这又是一个极大的题目，我却只是小做。积七八十年之经验，我得到了下面这个公式：

天资 + 勤奋 + 机遇 = 成功

　　"天资"，我本想用"天才"；但是天才是个稀见现象，其中不少是"偏才"，所以我弃而不用，改用"天资"，大家一看就明白。这个公式实在是过分简单化了，但其中的含义是清楚的。搞得太烦琐，反而不容易说清楚。

　　谈到天资，首先必须承认，人与人之间天资是不相同的，这是一个事实，谁也否定不掉。"十年浩劫"中，自命天才的人居然号召大批天才。葫芦里卖的是什么药，至今不解。到了今天，学术界和文艺界自命天才的人颇不稀见，我除了羡慕这些人"自我感觉过分良好"外，不敢赞一词。对于自己的天资，我看，还是客观一点好，实事求是一点好。

至于勤奋，一向为古人所赞扬。囊萤映雪、悬梁刺股等故事流传了千百年，家喻户晓。韩文公的"焚膏油以继晷，恒兀兀以穷年"，更为读书人所向往。如果不勤奋，则天资再高也毫无用处。事理至明，无待饶舌。

谈到机遇，往往为人所忽视。它其实是存在的，而且有时候影响极大。就以我自己为例，如果清华不派我到德国去留学，则我的一生完全不会像现在这个样子。

把成功的三个条件拿来分析一下，天资是由"天"决定的，我们无能为力。机遇是不期而来的，我们也无能为力。只有勤奋一项完全是我们自己决定的，我们必须在这一项上狠下功夫。在这里，古人的教导也多得很。还是先举韩文公。他说："业精于勤荒于嬉，行成于思毁于随。"这两句话是大家都熟悉的。

王静安在《人间词话》中说："古今之成大事业大学问者必经过三种之境界，'昨夜西风凋碧树，独上高楼，望尽天涯路'。此第一境也。'衣带渐宽终不悔，为伊消得人憔悴'。此第二境也。'众里寻她千百度，蓦然回首，那人却在，灯火阑珊处'。此第三境也。"静安先生第一境写的是预期。第二境写的是勤奋。第三境写的是成功。其中没有写天资和机遇。我不敢说，这是他的疏漏，因为写的角度不同。但是，我认为，补上天资与机遇，似更为全面。我希望，大家都能拿出"衣带渐宽终不悔"的精神来从事做学问或干事业，这是成功的必由之路。

2000 年 1 月 7 日

第六讲

天下第一好事
还是读书

天下第一好事还是读书

古今中外赞美读书的名人和文章，多得不可胜数。张元济先生有一句简单朴素的话："天下第一好事，还是读书。""天下"而又"第一"，可见他对读书重要性的认识。

为什么读书是一件"好事"呢？

也许有人认为，这问题提得幼稚而又突兀。这就等于问"为什么人要吃饭"一样，因为没有人反对吃饭，也没有人说读书不是一件好事。

但是，我却认为，凡事都必须问一个"为什么"，事出都有因，不应当马马虎虎，等闲视之。现在就谈一谈我个人的认识，谈一谈读书为什么是一件好事。

凡是事情古老的，我们常常说"自从盘古开天地"。我现在还要从盘古开天地以前谈起，从人类脱离了兽界进入人界开始谈。人成了人以后，就开始积累人的智慧，这种智慧如滚雪球，越滚越大，也就越积越多。禽兽似乎没有发现这种本领，一只蠢猪一万年以前是这样蠢，到了今天仍然是这样蠢，没有增加什么智慧。人则不然，不但能随时增加智慧，而且根据我的观察，增加的速度越来越快，有如物体从高空下坠一般。到了今天，达到了知识爆炸的水平。最近一段时间以来，"克隆"使全世界的人都大吃一惊。有的人竟忧心忡忡，不知这种技术发展"伊于胡底"，语出《诗经·小雅·小旻》："我视谋犹，伊于胡底？"意为：到什么地步为止，形容结局不堪设想。信耶稣教的人担心将来一旦"克隆"出来了人，他们的上帝将向何处躲藏。

人类千百年以来保存智慧的手段不出两端，一是实物，比如长城等，二是书籍，以后者为主。在发明文字以前，保存智慧靠记忆；文字发明了以后，则使用书籍。把脑海里记忆的东西搬出来，搬到纸上，就形成了书籍，书籍是贮存人类代代相传的智慧的宝库。后一代的人必须读书，才能继承和发扬前人的智慧。人类之所以能够进步，永远不停地向前迈进，靠的就是能读书又能写书的本领。我常常想，人类向前发展，有如接力赛跑，第一代人跑第一棒，第二代人接过棒来，跑第二棒，以至第三棒、第四棒，永远跑下去，永无穷尽，这样智慧的传承也永无穷尽。这样的传承靠的主要就是书，书是事关人类智慧传承的大事，这样一来，读书不是"天下第一好事"又是什么呢？

但是，话又说回来，中国历代都有"读书无用论"的说法，读书的知识分子，古代通称之为"秀才"，常常成为取笑的对象，比如说什么"秀才造反，三年不成"，是取笑秀才的无能。这话不无道理。在古代——请注意，我说的是"在古代"，今天已经完全不同了——造反而成功者几乎都是不识字的痞子流氓，中国历史上两个马上皇帝，开国"英主"，刘邦和朱元璋，都属此类。诗人只有慨叹"刘项原来不读书"。"秀才"最多也只有成为这一批地痞流氓的"帮忙"或者"帮闲",帮不上的,就只好慨叹"儒冠多误身"了。

但是,话还要再说回来,中国悠久的优秀传统文化的传承者,是这一批地痞流氓,还是"秀才"?答案皎如天日。这一批"读书无用论"的现身"说法"者的"高祖"、"太祖"之类,除了镇压人民剥削人民之外,只给后代留下了什么陵之类,供今天搞旅游的人赚钱而已。他们对我们国家竟无贡献可言。

总而言之,"天下第一好事,还是读书"。

1997年4月8日

坐拥书城意未足

古今中外都有一些爱书如命的人。我愿意加入这一行列。

书能给人以知识，给人以智慧，给人以快乐，给人以希望。但也能给人带来麻烦，带来灾难。在"大革文化命"的年代里，我就以收藏封资修大洋古书籍的罪名挨过批斗。1976年地震的时候，也有人警告我，我坐拥书城，夜里万一有什么情况，书城将会封锁我的出路。

批斗对我已成过眼云烟，那种万一的情况也没有发生，我"死不改悔"，爱书如故，至今藏书已经发展到填满了几间房子。除自己购买以外，赠送的书籍越来越多。我究竟有多少书，自己也说不清楚。比较起来，大概是相当多的。搞抗震加固的一位工人师傅就曾多次对我说：这样多的书，他过去没有见过。学校领导对我额外加以照顾，我如今已经有了几间真正的书窝，那种卧室、书斋、会客室三位一体的情况，那种"初极狭，才通人"的桃花源的情况，已经成为历史陈迹了。

有的年轻人看到我的书，瞪大了吃惊的眼睛问我："这些书你都看过吗？"我坦白承认，我只看过极少极少的一点。"那么，你要这么多书干吗呢？"这确实是难以回答的问题。我没有研究过藏书心理学，三言两语，我说不清楚。我相信，古今中外爱书如命者也不一定都能说清楚，即使说出原因来，恐怕也是五花八门的吧。

真正进行科学研究，我自己的书是远远不够的。也许我搞的这一行有点怪。我还没有发现全国任何图书馆能满足，哪怕是最低限度地满足我的需要。有的题目有时候由于缺书，进行不下去，只好让它搁浅。我抽屉里面就积压着不少这样的搁浅的稿子。我有时候对朋友们开玩笑说："搞我们这一行，要想有一个满意的图书室简直比搞四化还要难。全国国民收入翻两番的时候，我们也未必真能翻身。"这绝非耸人听闻之谈，事实正是这样。同我搞的这一行有类似困难的，全国还有不少。这都怪我们过去底子太薄，新中国成立后虽然做了不少工作，但是一时积重难返。我现在只有寄希望于未来，发呼吁于同行。我们大家共同努力，日积月累，将来总有一天会彻底改变目前情况的。古人说："前人种树，后人乘凉。"让我们大家都来当种树人吧。

1985年7月8日晨

藏书与读书

有一个平凡的真理，直到耄耋之年，我才顿悟：中国是世界上最喜藏书和读书的国家。

什么叫书？我没有能力，也不愿意去下定义。我们姑且从孔老夫子谈起吧。他老人家读《易》，至于韦编三绝，可见用力之勤。当时还没有纸，文章是用漆写在竹简上面的，竹简用皮条拴起来，就成了书。翻起来很不方便，读起来也有困难。我国古时有一句话，叫作"学富五车"，说一个人肚子里有五车书，可见学问之大。这指的是用纸做成的书，如果是竹简，则五车也装不了多少部书。

后来发明了纸。这一来写书方便多了，但是还没有发明印刷术，藏书和读书都要用手抄，这当然也不容易。如果一个人抄的话，一辈子也抄不了多少书。可是这丝毫也阻挡不住藏书和读书者的热情。我们古籍中不知有多少藏书和读书的故事，也可以叫作佳话。我们浩如烟海的古籍，以及古籍中所寄托的文化之所以能够流传下来，历千年而不衰，我们不能不感谢这些爱藏书和读书的先民。

后来我们又发明了印刷术。有了纸，又能印刷，书籍流传方便多了。从这时起，古籍中关于藏书和读书的佳话，更多了起来。宋版、元版、明版的书籍被视为珍品。历代都有一些藏书家，什么绛云楼、天一阁、铁琴铜剑楼、海源阁等，说也说不完。有的已经消失，有的至今仍在，为我们新社会的建设服务。我们不能不感激这些藏书的祖先。

至于专门读书的人，历代记载更多。也还有一些关于读书的佳话，什么囊萤映雪之类。有人做过试验，无论萤和雪都不能亮到让人能读书的程度，然而在这一则佳话中所蕴含的鼓励人们读书的热情则是大家都能感觉到的。还有一些鼓励人读书的话和描绘读书乐趣的诗句。"书中自有颜如玉"之类的话，是大家都熟悉的，说这种话的人的"活思想"是非常不高明的，不会得到大多数人的赞赏。至于"四时读书乐"一类的诗，也是大家所熟悉的。可惜我童而习之，至今老朽昏聩，只记住了一句"绿满窗前草不除"，这样的读书情趣也是颇能令人向往的。此外如"红袖添香夜读书"之类的读书情趣，代表另一种趣味。据鲁迅先生说，连大学问家刘半农也向往，可见确有动人之处了。"雪夜闭门读禁书"代表的情趣又自不同，又是"雪夜"，又是"闭门"，又是"禁书"，不是也颇有人向往吗？

这样藏书和读书的风气，其他国家不能说一点没有；但是据浅见所及，实在是远远不能同我国相比。因此我才悟出了"中国是世界上最爱藏书和读书的国家"这一条简明而意义深远的真理。中国古代光辉灿烂的文化有极大一部分是通过书籍流传下来的。到了今天，我们全体炎黄子孙如何对待这个问题，实际上是每个人都回避不掉的。我们必须认真继承这个在世界上比较突出的优秀传统，要读书，读好书。只有这样，我们才能上无愧于先民，下造福于子孙万代。

1991 年 7 月 5 日

开卷有益

这是一句老生常谈。如果要追溯起源的话,那就要追到一位皇帝身上。宋王辟之《渑水燕谈录》卷六:

(宋)太宗日阅《(太平)御览》三卷,因事有缺,暇日追补之。尝曰:"开卷有益,朕不以为劳也。"

这一段话说不定也是"颂圣"之词,不可尽信。然而我宁愿信其有,因为它真说到点子上了。

鲁迅先生有时候说"随便翻翻",我看意思也一样。他之所以能博闻强记,博古通今,与"随便翻翻"是有密切联系的。

"卷"指的是书,"随便翻翻"也指的是书。书为什么能有这样大的威力呢?自从人类创造了语言,发明了文字,抄成或印成了书,书就成了传承文化的重要载体。人类要生存下去,文化就必须传承下去,因而书也就必须读下去。特别是在当今信息爆炸的时代中,我们必须及时得到信息。只有这样,人才能潇洒地生活下去,否则将适得其反。信息怎样得到呢?看能得到信息,听也能得到信息，而读书仍然是重要的信息源，所以非读书不可。

什么人需要读书呢？在将来人类共同进入大同之域时，人人都一定要而且肯读书的，以此为乐，而不以此为苦。在眼前，我们还做不到这一步。"四人帮"说：读书越多越反动。此"四人帮"之所以为"四人帮"也。我们可以置之不理。如今有个别的"大款"，也同刘邦和项羽一样，是不读书的，不读书照样能够发大财。然而，我认为，这只是暂时的现象，相信不久就会改变。传承文化不能寄希望于这些人身上，而只能寄托在已毕业或尚未毕业的大学生身上。他们是我们的希望，他们代表着我们的未来。大学生们肩上的担子重啊！他们是任重而道远。为了人类的继续生存，为了前对得起祖先，后对得起子孙，大学生们（当然还有其他一些人）必须读书。这已是天经地义，无须争辩。

根据我同北京大学学生的接触和我对他们的观察，绝大多数的学生还是肯读书的。他们有的说，自己感到迷惘，不知所从。他们成立了一些社团，共同探讨问题，研究人生，对人生的意义与价值感兴趣。他们甚至想探究宇宙的奥秘。他们是肯思索的一代人，是可以信赖的极为可爱的一代年轻人。同他们在一起，我这个望九之年的老人也仿佛返老还童，心里溢满了青春活力。说这些青年不肯读书，是不符合实际情况的。

读什么样的书呢？自己专业的书当然要读，这不在话下。自己专业以外的书也应该"随便翻翻"，知识面越广越好，得到的信息越多越好，否则很容易变成鼠目寸光的人。鼠目寸光不但不利于自己专业的探讨，也不利于生存竞争，不利于自己的发展，最终为大时代所抛弃。

因此,我奉献给今天的大学生们一句话:开卷有益。

1994年4月5日

对我影响最大的几本书

我是一个最枯燥乏味的人，枯燥到什么嗜好都没有。我自比是一棵只有枝干并无绿叶更无花朵的树。

如果读书也能算是一个嗜好的话，我的唯一嗜好就是读书。

我读的书可谓多而杂，经、史、子、集都涉猎过一点，但极肤浅，小学中学阶段，最爱读的是"闲书"（没有用的书），比如《彭公案》《施公案》《洪公传》《三侠五义》《小五义》《东周列国志》《说岳》《说唐》等，读得如醉似痴。《红楼梦》等古典小说是以后才读的。读这样的书是好是坏呢？从我叔父眼中来看，是坏。但是，我却认为是好，至少在写作方面是有帮助的。

至于哪几部书对我影响最大，几十年来我一贯认为是两位大师的著作：在德国是海因里希·吕德斯，我老师的老师；在中国是陈寅恪先生。两个人都是考据大师，方法缜密到神奇的程度。从中也可以看出我个人兴趣之所在。我禀性板滞，不喜欢玄之又玄的哲学。我喜欢能摸得着看得见的东西，而考据正合吾意。

吕德斯是世界公认的梵学大师。研究范围颇广，对印度的古代碑铭有独到深入的研究。印度每有新碑铭发现而又无法读通时，大家就说:"到德国去找吕德斯去!"可见吕德斯权威之高。印度两大史诗之一的《摩诃婆罗多》从核心部分起,滚雪球似的一直滚到后来成型的大书,其间共经历了七八百年。谁都知道其中有不少层次,但没有一个人说得清楚。弄清层次问题的又是吕德斯。在佛教研究方面,他主张有一个"原始佛典"(Urkanon),是用古代半摩揭陀语写成的,我个人认为这是千真万确的事;欧美一些学者不同意,却又拿不出半点可信的证据。吕德斯著作极多。中短篇论文集为《古代印度语文论丛》一书,这是我一生受影响最大的著作之一。这书对别人来说,可能是极为枯燥的,但是,对我来说却是一本极为有味、极有灵感的书,读之如饮醍醐。

在中国,影响我最大的书是陈寅恪先生的著作,特别是《寒柳堂集》《金明馆丛稿》。寅恪先生的考据方法同吕德斯先生基本上是一致的,不说空话,无证不信。二人有异曲同工之妙。我常想,寅恪先生从一个不大的切入口切入,如剥春笋,每剥一层,都是信而有征,让你非跟着他走不行,剥到最后,露出核心,也就是得到结论,让你恍然大悟:原来如此,你没有法子不信服。寅恪先生考证不避琐细,但绝不是为考证而考证,小中见大,其中往往含着极大的问题。比如,他考证杨玉环是否以处女入宫。这个问题确极猥琐,不登大雅之堂。无怪一个学者说:这太 Trivial(微不足道)了。焉知寅恪先生是想研究李唐皇族的家风。在这个问题上,汉族与少数民族看法是不一样的。寅恪先生是从看似细微的问题入手探讨民族问题和文化问题,由小及大,使自己的立论坚实可靠。看来这位说那样话的学者是根本不懂历史的。

在一次闲谈时,寅恪先生问我:《梁高僧传》卷二《佛图澄传》

中载有铃铛的声音:"秀支替戾周,仆谷劬秃当"是哪一种语言?原文说是羯语,不知何所指?我到今天也回答不出来。由此可见寅恪先生读书之细心,注意之广泛。他学风谨严,在他的著作中到处可以给人以启发。读他的文章,简直是一种最高的享受。读到兴会淋漓时,真想"浮一大白"[①]。

中德这两位大师有师徒关系,寅恪先生曾受学于吕德斯先生。这两位大师又同受战争之害,吕德斯生平致力于 Udānavarga 之研究,几十年来批注不断。"二战"时手稿被毁。寅恪师生平致力于读《世说新语》,几十年来眉注累累。日寇入侵,逃往云南,此书丢失于越南。假如这两部书能流传下来,对梵学、国学将是无比重要之贡献。然而先后毁失,为之奈何!

1999 年 7 月 30 日

[①] 浮,违反酒令被罚饮酒;白,罚酒用的酒杯。原指罚饮一大杯酒,后指满饮一大杯酒。语出刘向《说苑·善说》:"魏文侯与大夫饮酒,使公乘不仁为觞政,曰:'饮不釂者,浮以大白。'"《孽海花》第二十四回有"浮一大白"。

我最喜爱的书

我在下面介绍的只限于中国文学作品。外国文学作品不在其中。我的专业书籍也不包括在里面,因为太冷僻。

一、司马迁的《史记》

《史记》这一部书,很多人都认为它既是一部伟大的史籍,又是一部伟大的文学作品。我个人同意这个看法。平常所称的《二十四史》中,尽管水平参差不齐,但是哪一部也不能望《史记》之项背。

《史记》之所以能达到这个水平,司马迁的天才当然是重要原因;但是他的遭遇起的作用似乎更大。他无端受了宫刑,以致郁闷激愤之情溢满胸中,发而为文,句句皆带悲愤。他在《报任少卿书》中已有充分的表露。

二、《世说新语》

这不是一部史书,也不是某一个文学家和诗人的总集,而只是一部由许多颇短的小故事编纂而成的奇书。有些篇只有短短几句话,连小故事也算不上。每一篇几乎都有几句或一句隽语,表面简单淳朴,内容却深奥异常,令人回味无穷。六朝和稍前的一个时期内，社会动乱，出了许多看来脾气相当古怪的人物，外似放诞，内实怀忧。他们的举动与常人不同。此书记录了他们的言行，短短几句话，而栩栩如生，令人难忘。

三、陶渊明的诗

有人称陶渊明为"田园诗人"。笼统言之，这个称号是恰当的。他的诗确实与田园有关。"采菊东篱下，悠然见南山"，这样的名句几乎是家喻户晓的。从思想内容上来看，陶渊明颇近道家，中心是纯任自然。从文体上来看，他的诗简易淳朴，毫无雕饰，与当时流行的镂金错彩的骈文，迥异其趣。因此，在当时以及以后的一段时间内，对他的诗的评价并不高，在《诗品》中，仅列为中品。但是，时间越后，评价越高，最终成为中国伟大诗人之一。

四、李白的诗

李白是中国文学史上最伟大的天才之一，这一点是谁都承认的。杜甫对他的诗给予了最高的评价："白也诗无敌，飘然思不群。清新庾开府，俊逸鲍参军。"李白的诗风飘逸豪放。根据我个人的感受，读他的诗，只要一开始，你就很难停住，必须读下去。原因我认为是，李白的诗一气流转，这一股"气"不可抗御，让你非把诗读完不行。这在别的诗人作品中，是很难遇到的现象。在唐代，以及以后的一千多年中，对李白的诗几乎只有赞誉，而无批评。

五、杜甫的诗

杜甫也是一个伟大的诗人，千余年来，李杜并称。但是二人的创作风格却迥乎不同：李是飘逸豪放，而杜则是沉郁顿挫。从使用的格律上，也可以看出二人的不同。七律在李白集中比较少见，而在杜甫集中则颇多。摆脱七律的束缚，李白是没有枷锁跳舞；杜甫善于使用七律，则是戴着枷锁跳舞，二人的舞都达到了极高的水平。在文学批评史上，杜甫颇受到一些人的指摘，而对李白则绝无仅有。

六、南唐后主李煜的词

后主词传留下来的仅有三十多首，可分为前后两期：前期仍在江南当小皇帝，后期则已降宋。后期词不多，但是篇篇都是杰作，纯用白描，不作雕饰，一个典故也不用，话几乎都是平常的白话，老妪能解；然而意境却哀婉凄凉，千百年来打动了千百万人的心。在词史上巍然成一大家，受到了文艺批评家的赞赏。但是，对王国维在《人间词话》中赞美后主有佛祖的胸怀，我却至今尚不能解。

七、苏轼的诗文词

中国古代赞誉文人有三绝之说。三绝者，诗、书、画三个方画皆能达到极高水平之谓也，苏轼至少可以说已达到了五绝：诗、书、画、文、词。因此，我们可以说，苏轼是中国文学史和艺术史上最全面的伟大天才。论诗，他为宋代一大家。论文，他是唐宋八大家之一。笔墨凝重，大气磅礴。论书，他是宋代苏、黄、米、蔡四大家之首。论词，他摆脱了婉约派的传统，创豪放派，与辛弃疾并称。

八、纳兰性德的词

宋代以后，中国词的创作到了清代又掀起了一个新的高潮。名家辈出，风格不同，又都能各极其妙，实属难能可贵。在这群灿若明星的词家中，我独独喜爱纳兰性德。他是大学士明珠的儿子，生长于荣华富贵中，然而却胸怀愁思，流溢于楮墨之间。这一点我至今还难以得到满意的解释。从艺术性方面来看，他的词可以说是已经达到了完美的境界。

九、吴敬梓的《儒林外史》

胡适之先生给予《儒林外史》极高的评价。诗人冯至也酷爱此书。我自己也是极为喜爱《儒林外史》的。

此书的思想内容是反科举制度，昭然可见，用不着细说，它的特点在艺术性上。吴敬梓惜墨如金，从不作冗长的描述。书中人物众多，各有特性，作者只讲一个小故事，或用短短几句话，活脱脱一个人就仿佛站在我们眼前，栩栩如生。这种特技极为罕见。

十、曹雪芹的《红楼梦》

在古今中外众多的长篇小说中，《红楼梦》是一颗璀璨的明珠，是状元。中国其他长篇小说都没能成为"学"，而"红学"则是显学。《红楼梦》描述的是一个大家族的衰微的过程。本书特异之处也在它的艺术性上。书中人物众多，男女老幼，主子奴才，五行八作，应有尽有。作者有时只用寥寥数语而人物就活灵活现，让读者永远难忘。读这样一部书，主要是欣赏它的高超的艺术手法。那些把它政治化的无稽之谈，都是不可取的。

2001 年 3 月 21 日

第七讲

容忍是一种美德

容　忍

人处在家庭和社会中，有时候恐怕需要讲点容忍的。

唐朝有一个姓张的大官，家庭和睦，美名远扬，一直传到了皇帝的耳中。皇帝赞美他治家有道，问他道在何处，他一气写了一百个"忍"字。这说得非常清楚：家庭中要互相容忍，才能和睦。这个故事非常有名。在旧社会，新年贴春联，只要门楣上写着"百忍家声"就知道这一家一定姓张。中国姓张的全以祖先的容忍为荣了。

但是容忍也并不容易。1935年，我乘西伯利亚铁路的车经苏联赴德国，车过中苏边界上的满洲里，停车四小时，由苏联海关检查行李。这是无可厚非的，入国必须检查，这是世界公例。但是，当时的苏联大概认为，我们这一帮人，从一个资本主义国家到另一个资本主义国家，恐怕没有好人，必须严查，以防万一。检查其他行李，我决无意见。但是，在哈尔滨买的一把最粗糙的铁皮壶，却成了被检查的首要对象。这里敲敲，那里敲敲，薄薄的一层铁皮决藏不下一颗炸弹的，然而他却敲打不止。我真有点无法容忍，想要发火。我身旁有一位年老的老外，是与我们同车的，看到我的神态，在我耳旁悄悄地说了句：Patience is the great virtue（容忍是很大的美德）。我对他微笑，表示致谢。我立即心平气和，天下太平。

看来容忍确是一件好事，甚至是一种美德。但是，我认为，也必须有一个界限。我们到了德国以后，就碰到这个问题。旧时欧洲流行决斗之风，谁污辱了谁，特别是谁的女情人，被污辱者一定要提出决斗，或用手枪，或用剑。普希金就是在决斗中被枪打死的。我们到了的时候，此风已息，但仍发生。我们几个中国留学生相约：如果外国人污辱了我们自身，我们要揣度形势，主要要容忍，以东方的恕道克制自己。但是，如果他们污辱我们的国家，则无论如何也要同他们玩儿命，决不容忍。这就是我们容忍的界限。幸亏这样的事情没有发生，否则我就活不到今天在这里舞文弄墨了。

现在我们中国人的容忍水平，看了真让人气短。在公共汽车上，挤挤碰碰是常见的现象。如果碰了或者踩了别人，连忙说一声"对不起"就能够化干戈为玉帛，然而有不少人连"对不起"都不会说了。于是就相吵相骂，甚至于扭打，甚至打得头破血流。我们这个伟大的民族怎么竟变成了这个样子！我在心中暗暗祝愿：容忍兮，归来！

1996年12月17日

世态炎凉

世态炎凉，古今所共有，中外所同然，是最稀松平常的事，用不着多伤脑筋。元曲《冻苏秦》中说："也素把世态炎凉心中暗忖。"《隋唐演义》中说："世态炎凉，古今如此。"不管是"暗忖"，还是明忖，反正你得承认这个"古今如此"的事实。

但是，对世态炎凉的感受或认识的程度，却是随年龄的大小和处境的不同而很不相同的，绝非大家都一模一样。我在这里发现了一条定理：年龄大小与处境坎坷同对世态炎凉的感受成正比。年龄越大，处境越坎坷，则对世态炎凉感受越深刻。反之，年龄越小，处境越顺利，则感受越肤浅。这是一条放之四海而皆准的定理。

我已到望九之年，在八十多年的生命历程中，一波三折，好运与多舛相结合，坦途与坎坷相混杂，几度倒下，又几度爬起来，爬到今天这个地步，我可是真正参透了世态炎凉的玄机，尝够了世态炎凉的滋味。特别是"十年浩劫"中，我因为胆大包天，自己跳出来反对"北大"那一位炙手可热的"老佛爷"，被戴上了种种莫须有的帽子，被"打"成了反革命，遭受了极其残酷的至今回想起来还毛骨悚然的折磨。从牛棚里放出来以后，有长达几年的一段时间，我成了燕园中一个"不可接触者"。走在路上，我当年辉煌时对我低头弯腰毕恭毕敬的人，那时却视若路人，没有哪一个敢或肯跟我说一句话的。我也不习惯于抬头看人，同人说话。我这个人已经异化为"非人"。一天，我的孙子发烧到四十（摄氏）度，老祖和我用破自行车推着到校医院去急诊。一个女同事竟吃了老虎心豹子胆似的，帮我这个已经步履蹒跚的花甲老人推了推车。我当时感动得热泪盈眶，如吸甘露，如饮醍醐。这件事、这个人我毕生难忘。

雨过天晴，云开雾散，我不但"官"复原职，而且还加官晋爵，又开始了一段辉煌。原来是门可罗雀，现在又是宾客盈门。你若问我有什么想法没有，想法当然是有的，一个忽而上天堂，忽而下地狱，又忽而重上天堂的人，哪能没有想法呢？我想的是：世态炎凉，古今如此。任何一个人，包括我自己在内，以及任何一个生物，从本能上来看，总是趋吉避凶的。因此，我没怪罪任何人，包括打过我的人。我没有对任何人打击报复。并不是由于我度量特别大，能容天下难容之事，而是由于我洞明世事，又反求诸躬。假如我处在别人的地位上，我的行动不见得会比别人好。

1997 年

温馨，家庭不可或缺的气氛

大千世界，芸芸众生，除了看破红尘出家当和尚的以外，每一个人都会有一个家。一提到家，人们会不由自主地漾起一点温暖之意、一丝幸福之感。

不这样也是不可能的。不管是单职工还是双职工，白天在政府机构、学校、公司、工厂、商店等五花八门的场所工作劳动。不管是脑力劳动，还是体力劳动，都会付出巨大的力量，应付错综复杂的局面，会见性格各异的人物，有时会弄得筋疲力尽。有道是"不如意事常八九"。哪里事事都会让你称心如意呢？到了下班以后，有如倦鸟还巢一般，带着一身疲惫，满怀喜悦，回到自己家里。这是一个真正的安身立命之处。在这里人们主要祈求的就是温馨。有父母的，向老人问寒问暖，老少都感到温馨；有子女的，同孩子谈上几句，亲子都感到温馨；夫妻说上几句悄悄话，男女都感到温馨。当是时也，白天一天操劳，身心两方面的倦意，间或有心中的愤懑、工作中或竞争中偶尔的挫折、在处理事务中或人际关系中碰的一点小钉子，如此等等，都会烟消云散，代之而兴的是融融的愉悦。总之，感到的是不能用任何语言表达的温馨。

你还可以便装野服，落拓形迹。白天在外面有时不得不戴着的假面具，完全可以甩掉。有时不得不装腔作势，以求得能适应应对进退的所谓礼貌，也统统可以丢开，还你一个本来面目，圆通无碍，纯然真我。天下之乐，宁有过于此者乎？所有这一切都来自家庭中真正的温馨。

但是，是不是每一个家庭都是温馨天成、唾手可得呢？不，不，绝不是的。家庭中虽有夫妻关系、亲子关系、血缘关系，但是，所有这一些关系，都不能保证温馨气氛必然出现。俗话说：锅碗瓢盆都会相撞。每个人的脾气不一样，爱好不一样，习惯不一样，信念不一样，而且人是活人，喜怒哀乐，时有突变的情况，情绪也有不稳定的时候，特别是在自己的亲人面前，更容易表露出来。有时候为一点芝麻绿豆大的小事，也会意见相左，处理不得法，也能产生龃龉。天天耳鬓厮磨，谁也不敢保证这种情况不会发生。

那么，我们应当怎么办呢？就我个人来看，处理这样清官难断的家务事，说难极难，说不难也颇易。只要能做到"真"、"忍"二字，虽不中，不远矣。"真"者，真情也。"忍"者，容忍也。我归纳成了几句顺口溜：相互恩爱，相互诚恳，相互理解，相互容忍，出以真情，不杂私心，家庭和睦，其乐无垠。

有人可能不理解，我为什么把容忍强调到这样的高度。要知道，容忍是中华美德之一。我们的往圣先贤，大都教导我们要容忍。民间谚语中，也有不少容忍的内容，教人忍让。有的说法，看似消极，实有积极意义，比如"忍辱负重"，韩信就是一个有名的例子。《唐书》记载，张公艺九世同居，唐高宗问他睦族之道。公艺提笔写了一百多个"忍"字递给皇帝。从那以后，姓张的多自命为"百忍家声"。佛家也十分强调忍辱之要义，经中有很多忍辱仙人的故事。常言道："小不忍则乱大谋。"在家庭中则是"小不忍则乱家庭"。夫妻、父母、子女之间，有时难免有不同的意见，如果一方发点小脾气，你让他（她）一下，风暴便可平息。等到他（她）心态平衡以后，自己会认错的。此时，如果你也不冷静，火冒三丈，轻则动嘴，重则动手，最终可能告到法庭，宣判离婚，岂不大可哀哉！父母兄弟姊妹之间，也有同样的情况。结果，一个好端端的家庭，会弄得分崩离析。这轻则会影响你暂时的情绪，重则影响你的生命前途。难道我这是危言耸听吗？

总之，温馨是家庭不可或缺的气氛，而温馨则是需要培养的。培养之道，不出两端，一真一忍而已。

1998年10月23日

谈礼貌

眼下,即使不是百分之百的人,也是绝大多数的人,都抱怨现在社会上不讲礼貌。这是完全有事实做根据的。许多年前,当时我腿脚尚称灵便,出门乘公共汽车的时候多,几乎每一次我都看到在车上吵架的人,甚至动武的人。起因都是微不足道的:你碰了我一下,我踩了你的脚,如此等等。试想,在拥拥挤挤的公共汽车上,谁能不碰谁呢?这样的事情也值得大动干戈吗?

曾经有一段时间,有关的机关号召大家学习几句话:"谢谢!""对不起!"等等。就是针对上述的情况而发的。其用心良苦,然而我心里却觉得不是滋味。一个有五千年文明的堂堂大国竟要学习幼儿园孩子们学说的话,岂不大可哀哉!

有人把不讲礼貌的行为归咎于新人类或新新人类。我并无资格成为新人类的同党,我已经是属于博物馆的人物了。但是,我却要为他们打抱不平。在他们诞生以前,有人早着了先鞭。不过,话又要说了回来。新人类或新新人类确实在不讲礼貌方面有所创造,有所前进,他们发扬光大了这种并不美妙的传统,他们(往往是一双男女)在光天化日之下,车水马龙之中,拥抱接吻,旁若无人,扬扬自得，连在这方面比较不拘细节的老外看了都目瞪口呆，惊诧不已。古人说："闺房之内，有甚于画眉者。"这是两口子的私事，谁也管不着。但这是在闺房之内的事，现在竟几乎要搬到大街上来，虽然还没有到"甚于画眉"的水平，可是已经很可观了。新人类还要新到什么程度呢？

如果一个人孤身住在深山老林中，你愿意怎样都行。可我们是处在社会中，这就要讲究点人际关系。人必自爱而后人爱之。没有礼貌是目中无人的一种表现，是自私自利的一种表现，如果这样的人多了，必然产生与社会不协调的后果。千万不要认为这是个人小事而掉以轻心。

现在国际交往日益频繁，不讲礼貌的恶习所产生的恶劣影响已经不局限于国内，而是会流布全世界。前几年，我看到过一个什么电视片，是由一个意大利著名摄影家拍摄的，主题是介绍北京情况的。北京的名胜古迹当然都包罗无遗，但是，我的眼前忽然一亮：一个光着膀子的胖大汉子骑自行车双手撒把做打太极拳状，飞驰在天安门前宽广的大马路上。给人的形象是野蛮无礼。这样的形象并不多见。然而却没有逃过一个老外的眼睛。我相信，这个电视片是会在全世界都放映的。它在外国人心目中会产生什么影响，不是一清二楚了吗？

最后，我想当一个文抄公，抄一段香港《大公报》上的话："富者有礼高质，贫者有礼免辱，父子有礼慈孝，兄弟有礼和睦，夫妻有礼情长，朋友有礼义笃，社会有礼祥和。"

2001年1月29日

糊涂一点　潇洒一点

最近一个时期，经常听到人们的劝告：要糊涂一点，要潇洒一点。

关于第一点糊涂问题，我最近写过一篇短文《难得糊涂》。在这里，我把糊涂分为两种，一个叫真糊涂，一个叫假糊涂。普天之下，绝大多数的人，争名于朝，争利于市。尝到一点小甜头，便喜不自胜，手舞足蹈，心花怒放，忘乎所以。碰到一个小钉子，便忧思焚心，眉头紧皱，前途暗淡，哀叹不已。这种人滔滔者天下皆是也。他们是真糊涂，但并不自觉。他们是幸福的，愉快的。愿老天爷再向他们降福。

至于假糊涂或装糊涂，则以郑板桥的"难得糊涂"最为典型。郑板桥一流的人物是一点也不糊涂的。但是现实的情况又迫使他们非假糊涂或装糊涂不行。他们是痛苦的。我祈祷老天爷赐给他们一点真糊涂。

谈到潇洒一点的问题，首先必须对这个词儿进行一点解释。这个词儿圆融无碍，谁一看就懂，再一追问就糊涂。给这样一个词儿下定义，是超出我的能力的。还是查一下词典好。《现代汉语词典》

的解释是:"(神情、举止、风貌等)自然大方、有韵致,不拘束。"看了这个解释,我吓了一跳。什么"神情",什么"风貌",又是什么"韵致",全是些抽象的东西,让人无法把握。这怎么能同我平常理解和使用的"潇洒"挂上钩呢?我是主张模糊语言的,现在就让"潇洒"这个词儿模糊一下吧。我想到中国六朝时代一些当时名士的举动,特别是《世说新语》等书所记载的,比如刘伶的"死便埋我",什么雪夜访戴,等等,应该算是"潇洒"吧。可我立刻又想到,这些名士,表面上潇洒,实际上心中如焚,时时刻刻担心自己的脑袋。有的还终于逃不过去,嵇康就是一个著名的例子。

写到这里,我的思维活动又逼迫我把"潇洒",也像糊涂一样,分为两类:一真一假。六朝人的潇洒是装出来的,因而是假的。

这些事情已经"俱往矣",不大容易了解清楚。我举一个现代的例子。20世纪30年代,我在清华读书的时候,一位教授(姑隐其名)总想充当一下名士,潇洒一番。冬天,他穿上锦缎棉袍,下面穿的是锦缎棉裤,用两条彩色丝带把棉裤紧紧地系在腿的下部。头上头发也故意不梳得油光发亮。他就这样飘飘然走进课堂,顾影自怜,大概十分满意。在学生们眼中,他这种矫揉造作的潇洒,却是丑态可掬,辜负了他一番苦心。

同这位教授唱对台戏的——当然不是有意的——是俞平伯先生。有一天,平伯先生把脑袋剃了个精光,高视阔步,昂然从城内的住处出来,走进了清华园。园内几千人中这是唯一的一个精光的脑袋,见者无不骇怪,指指点点,窃窃私议,而平伯先生则全然置之不理,照样登上讲台,高声朗诵宋代名词,摇头晃脑,怡然自得。朗诵完了,连声高呼:"好!好!就是好!"此外再没有别的话说。古人说:"是真名士自风流。"同那位教英文的教授一比,谁是真风流,谁是假风流;谁是真潇洒,谁是假潇洒,昭然呈现于光天化日之下。

这一个小例子,并没有什么深文奥义,只不过是想辨真伪而已。

为什么人们提倡糊涂一点,潇洒一点呢？我个人觉得,这能提高人们的和为贵的精神,大大地有利于安定团结。

写到这里,这一篇短文可以说是已经写完了。但是,我还想加上一点我个人的想法。

当前,我国举国上下,争分夺秒,奋发图强,巩固我们的政治,发展我们的经济,期能在预期的时间内建成名副其实的小康社会。哪里容得半点糊涂、半点潇洒！但是,我们中国人一向是按照辩证法的规律行动的。古人说:"文武之道,一张一弛。"有张无弛不行,有弛无张也不行。张弛结合,斯乃正道。提倡糊涂一点,潇洒一点,正是为了达到这个目的的。

2002 年 12 月 18 日

第八讲

怡情养性自怡然

晨　趣

一抬头，眼前一片金光：朝阳正跳跃在书架顶上玻璃盒内日本玩偶藤娘身上，一身和服，花团锦簇，手里拿着淡紫色的藤萝花，熠熠发光，而且闪烁不定。

我开始工作的时候，窗外暗夜正在向前走动。不知怎样一来，暗夜已逝，旭日东升。这阳光是从哪里流进来的呢？窗外一棵高大的梧桐树，枝叶繁茂，仿佛张开了一张绿色的网。再远一点，在湖边上是成排的垂柳。所有这一些都不利于阳光的穿透。然而阳光确实流进来了，就留在藤娘身上……

然而，一转瞬间，阳光忽然又不见了，藤娘身上，一片阴影。窗外，在梧桐和垂柳的缝隙里，一块块蓝色的天空，成群的鸽子正盘旋飞翔在这样的天空里，黑影在蔚蓝上面画上了弧线。鸽影落在湖中，清晰可见，好像比天空里的更富有神韵，宛如镜花水月。

朝阳越升越高，透过浓密的枝叶，一直照到我的头上。我心中一动，阳光好像有了生命，它启迪着什么，它暗示着什么。我忽然想到印度大诗人泰戈尔，每天早上对着初升的太阳，静坐沉思，幻想与天地同体，与宇宙合一。我从来没达到这样的境界，我没有这一份福气。可是我也感到太阳的威力,心中思绪腾翻,仿佛也能洞察三界,透视万有了。

现在我正处在每天工作的第二阶段的开头上。紧张地工作了一个阶段以后,我现在想缓松一下,心里有了余裕,能够抬一抬头,向四周,特别是窗外观察一下。窗外风光如旧,但是四季不同:春花,秋月,夏雨,冬雪,情趣各异,动人则一。现在正是夏季,浓绿扑人眉宇,鸽影在天,湖光如镜。多少年来,当然都是这个样子。为什么过去我竟视而不见呢?今天,藤娘身上一点闪光,仿佛照透了我的心,让我抬起头来,以崭新的眼光,来衡量一切,眼前的东西既熟悉,又陌生,我仿佛搬到了一个新的地方,把我好奇的童心一下子都引逗起来了。我注视着藤娘,我的心却飞越茫茫大海,飞到了日本,怀念起赠送给我藤娘的室伏千津子夫人和室伏佑厚先生一家来。真挚的友情温暖着我的心……

窗外太阳升得更高了。梧桐树椭圆的叶子和垂柳的尖长的叶子,交织在一起,椭圆与细长相映成趣。最上一层阳光照在上面,一片嫩黄;下一层则处在背阴处,一片黑绿。远处的塔影。屹立不动。天空里的鸽影仍然在划着或长或短、或远或近的弧线。再把眼光收回来,则看到里面窗台上摆着的几盆君子兰,深绿肥大的叶子,给我心中增添了绿色的力量。

多么可爱的清晨,多么宁静的清晨!

此时我怡然自得,其乐陶陶。我真觉得,人生毕竟是非常可爱的,大地毕竟是非常可爱的。我有点不知老之已至了。我这个从来不写诗的人心中似乎也有了一点诗意。

此身合是诗人未?

鸽影湖光入目明。

我好像真正成为一个诗人了。

1988 年 10 月 13 日晨

咪咪二世

凌晨四时，如在冬天，夜气犹浓，黑暗蔽空。我起床，打开电灯，拉开窗帘，玻璃窗外窗台上两股探照灯似的红光正对准我射过来。我知道，小猫咪咪二世已等我给她开门了。

我连忙拿起手电筒，开门，走到黑暗的楼道里，用电筒对着赤暗的门外闪上两闪。立即有一股白烟似的东西，窜到我的脚下，用浑身白而长的毛蹭我的腿，用嘴咬我的裤腿，用软软的爪子挠我的脚，使我步都迈不开。看样子真好像是多年未见了。实际上昨天晚上我才开门放她出去的。进屋以后，我给她极小一块猪肝或牛肉。她心满意足了，跳上电冰箱的顶，双眼一眯，呼噜呼噜念起经来了。

多少年来，我一日之计就是这样开始的。

我养过一只纯白的波斯猫，后来寿限已到，不知道寿终什么寝了。她的名字叫咪咪。她的死让我非常悲哀，我发誓要找一只同样毛长尾粗的波斯猫。皇天不负有心人，后来果然找到了。为了区别于她的前任，我仿效秦始皇的办法，命名为"二世"。是不是也蕴含着一点传之万世而无穷的意思呢？没有。咪咪和我都没有秦始皇

151

那样的雄才大略。

不管怎样,咪咪二世已经成了我每天的不太多的喜悦的源泉。在白天,我看书写作一疲倦,就往往到楼外小山下池塘边去散一会儿步。这时候,忽然出我意料,又有一股白烟从草丛里,从野花旁,蓦地窜了出来,用长而白的毛蹭我的腿,用嘴咬我的裤腿,用软软的爪子挠我的脚,使我步都迈不开。我努力迈步向前走,她就跟在我身后,陪我散步,山上,池边,我走到哪里,她跟到哪里。据有经验的老人说,只有狗才跟人散步,猫是决不肯干的。可是我们的咪咪二世却敢于打破猫们的旧习,成为猫世界的"叛逆的女性"。于是,"小猫跟季羡林散步",就成为燕园的一奇。可惜宣传跟不上;否则,这一奇景将同英国王宫卫队换岗一样,名扬世界了。

            1993 年 12 月 13 日

清塘荷韵

楼前有清塘数亩。记得三十多年前初搬来时,池塘里好像是有荷花的,我的记忆里还残留着一些绿叶红花的碎影。后来时移事迁,岁月流逝,池塘里却变得"半亩方塘一鉴开,天光云影共徘徊",再也不见什么荷花了。

我脑袋里保留的旧的思想意识颇多,每一次望到空荡荡的池塘,总觉得好像缺点什么。这不符合我的审美观念。有池塘就应当有点绿的东西,哪怕是芦苇呢,也比什么都没有强。最好的最理想的当然是荷花。中国旧的诗文中,描写荷花的简直是太多太多了。周敦颐的《爱莲说》读书人不知道的恐怕是绝无仅有的。他那一句有名的"香远益清"是脍炙人口的。几乎可以说,中国没有人不爱荷花的。可我们楼前池塘中独独缺少荷花。每次看到或想到,总觉得是一块心病。

有人从湖北来,带来了洪湖的几颗莲子,外壳呈黑色,极硬。据说,如果埋在淤泥中,能够千年不烂。因此,我用铁锤在莲子上砸开了一条缝,让莲芽能够破壳而出,不致永远埋在泥中。这都是一些主观的愿望,莲芽能不能够出,都是极大的未知数。反正我总算是尽了人事，把五六颗敲破的莲子投入池塘中，下面就是听天命了。

这样一来，我每天就多了一件工作：到池塘边上去看上几次。心里总是希望，忽然有一天，"小荷才露尖尖角"，有翠绿的莲叶长出水面。可是，事与愿违，投下去的第一年，一直到秋凉落叶，水面上也没有出现什么东西。经过了寂寞的冬天，到了第二年，春水盈塘，绿柳垂丝，一片旖旎的风光。可是，我翘盼的水面上却仍然没有露出什么荷叶。此时我已经完全灰了心，以为那几颗湖北带来的硬壳莲子，由于人力无法解释的原因，大概不会再有长出荷花的希望了。我的目光无法把荷叶从淤泥中吸出。

但是，到了第三年，却忽然出了奇迹。有一天，我忽然发现，在我投莲子的地方长出了几个圆圆的绿叶，虽然颜色极惹人喜爱，但是却细弱单薄，可怜兮兮地平卧在水面上，像水浮莲的叶子一样。而且最初只长出了五六个叶片。我总嫌这有点太少，总希望多长出几片来。于是，我盼星星，盼月亮，天天到池塘边上去观望。有校外的农民来捞水草，我总请求他们手下留情，不要碰断叶片。但是经过了漫漫的长夏，凄清的秋天又降临人间，池塘里浮动的仍然只是孤零零的那五六个叶片。对我来说，这又是一个虽微有希望但究竟仍令人灰心的一年。

真正的奇迹出现在第四年上。严冬一过，池塘里又溢满了春水。到了一般荷花长叶的时候，在去年漂浮着五六个叶片的地方，一夜之间，突然长出了一大片绿叶，而且看来荷花在严冬的冰下并没有停止行动，因为在离开原有五六个叶片的那块基地比较远的池塘中心，也长出了叶片。叶片扩张的速度，扩张范围的扩大，都是惊人地快。几天之内，池塘内不小一部分，已经全为绿叶所覆盖。而且原来平卧在水面上的像是水浮莲一样的叶片，不知道是从哪里聚集来了力量，有一些竟然跃出了水面，长成了婷婷的荷叶。原来我心中还迟迟疑疑，怕池中长的是水浮莲，而不是真正的荷花。这样一来，我心中的疑云一扫而光：池塘中生长的真正是洪湖莲花的子孙了。我心中狂喜，这几年总算是没有白等。

天地萌生万物，对包括人在内的动植物等有生命的东西，总是赋予一种极其惊人的求生存的力量和极其惊人的扩展蔓延的力量，这种力量大到无法抗御。只要你肯费力来观摩一下，就必然会承认这一点。现在摆在我面前的就是我楼前池塘里的荷花。自从几个勇敢的叶片跃出水面以后，许多叶片接踵而至。一夜之间，就出来了几十枝，而且迅速地扩散、蔓延。不到十几天的工夫，荷叶已经蔓延得遮蔽了半个池塘。从我撒种的地方出发，向东西南北四面扩展。我无法知道，荷花是怎样在深水中淤泥里走动。反正从露出水面荷叶来看，每天至少要走半尺的距离，才能形成眼前这个局面。

光长荷叶，当然是不能满足的。荷花接踵而至，而且据了解荷花的行家说，我门前池塘里的荷花，同燕园其他池塘里的，都不一样。其他地方的荷花，颜色浅红；而我这里的荷花，不但红色浓，而且花瓣多，每一朵花能开出十六个复瓣，看上去当然就与众不同了。这些红艳耀目的荷花，高高地凌驾于莲叶之上，迎风弄姿，似乎在睥睨一切。幼时读旧诗："毕竟西湖六月中，风光不与四时同。接天莲叶无穷碧，映日荷花别样红。"爱其诗句之美，深恨没有能亲自到杭州西湖去欣赏一番。现在我门前池塘中呈现的就是那一派西湖景象。是我把西湖从杭州搬到燕园里来了，岂不大快人意也

155

哉！前几年才搬到朗润园来的周一良先生赐名为"季荷"。我觉得很有趣，又非常感激。难道我这个人将以荷而传吗？

前年和去年，每当夏月塘荷盛开时，我每天至少有几次徘徊在塘边，坐在石头上，静静地吸吮荷花和荷叶的清香。"蝉噪林愈静，鸟鸣山更幽"，我确实觉得四周静得很。我在一片寂静中，默默地坐在那里，水面上看到的是荷花绿肥、红肥。倒影映入水中，风乍起，一片莲瓣堕入水中，它从上面向下落，水中的倒影却是从下边向上落，最后一接触到水面，二者合为一，像小船似的漂在那里。我曾在某一本诗话上读到两句诗："池花对影落，沙鸟带声飞。"作者深惜第二句对仗不工。这也难怪，像"池花对影落"这样的境界究竟有几个人能参悟透呢？

晚上，我们一家人也常常坐在塘边石头上纳凉。有一夜，天空中的月亮又明又亮，把一片银光洒在荷花上。我忽听扑通一声。是我的小白波斯猫毛毛扑入水中，它大概是认为水中有白玉盘，想扑上去抓住。它一入水，大概就觉得不对头，连忙矫捷地回到岸上，把月亮的倒影打得支离破碎，好久才恢复了原形。

今年夏天，天气异常闷热，而荷花则开得特欢。绿盖擎天，红花映日，把一个不算小的池塘塞得满而又满，几乎连水面都看不到了。一个喜爱荷花的邻居，天天兴致勃勃地数荷花的朵数。今天告诉我，有四五百朵；明天又告诉我，有六七百朵。但是，我虽然知道他为人细致，却不相信他真能数出确实的朵数。在荷叶底下，石头缝里，旮旮旯旯，不知还隐藏着多少菁葵儿，都是在岸边难以看到的。粗略估计，今年开了将近一千朵。真可以算是洋洋大观了。

连日来，天气突然变寒。好像是一下子从夏天转入秋天。池塘里的荷叶虽然仍然是绿油油一片，但是看来变成残荷之日也不会太远了。再过一两个月，池水一结冰，连残荷也将消逝得无影无踪。那时荷花大概会在冰下冬眠，做着春天的梦。它们的梦一定能够圆的。"既然冬天到了，春天还会远吗？"

我为我的"季荷"祝福。

1997 年 9 月 16 日中秋节

芝兰之室

我喜欢绿色的东西,我觉得,绿色是生命的颜色,即使是在冬天,我在屋里总要摆上几盆花草,如君子兰之类。旧历元日前后,我一定要设法弄到几盆水仙,眼睛里看到的是翠绿的叶子,鼻子里闻到的是氤氲的幽香,我顾而乐之,心旷神怡。

今年当然不会是例外。友人送给我几盆水仙,摆在窗台上。下面是一张极大的书桌,把我同窗台隔开。大概是由于距离远了一点,我只见绿叶,不闻花香,颇以为憾。

今天早晨,我一走进书房,蓦地一阵浓烈的香气自透鼻官。我愕然一愣,一刹那间,我意识到,这是从水仙花那里流过来的。我坐下,照例爬我的格子。我在潜意识里感到,既然刚才能闻到花香,这就证明,花香是客观存在着的,而且还不会是瞬间的而是长时间的存在。可是,事实上,在那愕然一愣之后,水仙花香神秘地消逝了,我鼻子再也闻不到什么了。

这是什么原因呢?

我又陷入了想入非非中。

中国古代《孔子家语》中就有几句话:"与善人居,如入芝兰之室，久而不闻其香，即与之化矣。"我在这里关心的不是"化"与"不化"的问题，而是"久而不闻其香"。刚才水仙花给我的感受，就正是"久而不闻其香"。可见这样的感受，古人早已经有了。

我常幻想，造化小儿喜欢耍点"小"——也许是"大"——聪明，给人们开点小玩笑。他（它，她？）给你以本能，让你舌头知味，鼻子知香。但是，又不让你长久地享受，只给你一瞬间，然后复归于平淡，甚至消逝。比如那一位"老佛爷"慈禧，在宫中时，瞅见燕窝、鱼翅、猴头、熊掌，一定是大皱其眉头。然而，八国的"老外"来到北京，她仓皇西逃，路上吃到棒子面的窝头，味道简直赛过龙肝凤髓，认为是从未尝过的美味。她回到北京宫中以后，想再吃这样的窝头，可普天之下再也找不到了。

造化小儿就是使用这样的手法，来实施一种平衡的策略，使美味佳肴与粗茶淡饭，使帝后显宦与平头老百姓，等等，等等，都成为相对的东西，都受时间与地点的约束。否则，如果美味对一个人来说永远美，那么帝后显宦们的美食享受不是太长了吗？在芸芸众生中间不是太不平衡了吗？

对鼻官来说，水仙花还有芝兰的香气也只能作如是观，一瞬间，你获得了令人吃惊的美感享受；又一瞬间，香气虽然仍是客观存在，你的鼻子却再也闻不到了。

造化小儿玩的就是这一套把戏。

1998年2月1日

石榴花

我喜爱石榴,但不是它的果,而是它的花。石榴花,红得铿亮,红得耀眼,同宇宙间任何红颜色,都不一样。古人诗"五月榴花照眼明",著一"照"字,著一"明"字,而境界全出。谁读了这样的诗句,而不兴会淋漓的呢?

在中国,确有大片土地上栽种石榴的地方,比如陕西的秦始皇陵一带。从陵下一直到小山似的陵顶上,到处长满了一棵棵的石榴树,气势恢宏,绿意满天。可惜我到的时候,已经过了开花的季节。只见树上结满了个头极大的石榴,累累垂垂,盈树盈陵。可惜红花一朵也没有看到,实为莫大憾事。遥想旧历五月时节,花照眼明,满陵开成一片亮红,仿佛连天空都给染红了。那样的风光,现在只能意会神领了。

在我居住最久的两座城市里,在济南和北京,石榴却不是一种常见的植物。济南南关佛山街的老宅子,是一所典型的四合院。西屋是正房,房外南北两侧,各有一棵海棠花,早已高过了屋脊,恐怕已是百年旧树。春天满树繁花,引来了成群的蜜蜂,嗡嗡成一团。北屋门前左侧有一棵石榴树。石榴树本来就长不太高的,从来没有见过参天的石榴树。我们这一棵也不过丈八高，但树龄恐怕也有几十年了。每年夏初开花时，翠叶红花，把小院子照得一片亮红。

院子是个大杂院。我们家住北屋。南屋里住的是一家姓田的木匠。他有两个女儿，大的乳名叫小凤，小的叫小华。我决不迷信，但是我相信缘分，因为它确实存在，不相信是不行的。缘分的存在以小华和我的关系就能证明。她那时还不到两岁，路走不全，话也说不全。可是独独喜欢我。每次见到我，即使是正在母亲的怀抱里，也必挣扎出母亲的怀抱，张开小手，让我来抱。按流传的办法，她应该叫我"大爷"；但是两字相连，她发不出音来，于是缩减为一个"爷"字。抱在我怀里，她满嘴"爷"、"爷"，乐不可支。

这时正是夏初季节，石榴花开得正欢。有一天，吃过午饭，我躺在石榴树下一张躺椅上睡午觉。大概是睡得十分香甜。"大梦谁先觉？平生我自知"，可惜，诸葛亮知道，我却不知道。不知道睡了多久，我蒙眬醒来。睁眼一看，一个不满三块豆腐干高的小玩意儿，正站在我的枕旁，一声不响，大气不出，静静地等我醒来。一见我睁开惺忪的眼睛，立即活跃起来，一头扎在我的怀中，要我抱她，嘴里"爷，爷"喊个不停。不是别人，正是小华。我又惊又喜，连忙把她抱了起来。抬头看到透过层层绿叶正开得亮红的石榴花。

以后，我出了国。在欧洲待了十一年以后，又回到祖国来，住在北京大学中关园第一公寓的一个单元里。我床头壁上挂着著名画家溥心畬画的一个条幅，上面画的是疏疏朗朗的一枝石榴，有一个果和一枝花，那一枝花颇能流露出石榴花特有的照眼明的神采。旁边题着两句诗："只为归来晚，开花不及春。"多么神妙的幻想！石榴原来不是中原的植物，大约是在汉代从中亚安国等国传进来的，所以又叫"安石榴"。这情况到了诗人笔下，就被诗意化了。因为来晚了，所以没有赶得上春天开花，而是在夏历五月。等到百花都凋谢以后，石榴才一枝独秀，散发出亮红的光芒。

我那时候很忙，难得有睡懒觉的时间。偶尔在星期天睡上一次。躺在床上，抬眼看到条幅上画的榴花，思古之幽情，不禁油然而发。并没有古到汉代，只古到了二十几年前在佛山街住的时候。当时北屋前的那一棵石榴树是确确实实的存在物，而今却杳如黄鹤早已不存在了。而眼前画中的石榴，虽不是真东西却实实在在地存在着。世事真如电光石火，倏忽变化万端。我尤其忆念不忘的是当年只会喊"爷"的小华子。隔了二十多年，恐怕她早已是绿叶成荫子满枝了。奈之何哉！奈之何哉！

整整四十年前，我移家燕园内的朗润园。门前有小片隙地，遂圈以篱笆，辟为小小的花园，栽种了一些花木。十几年前，一位同事送给我了一棵小石榴树。只有尺把高。我就把它栽在小花园里，绿叶滴翠，极惹人爱。我希望它第二年初夏能开出花来。但是，我失望了。又盼第三年，依然是失望。十几年下来，树已经长得很高，却仍然是只见绿叶，不见红花。我没有研究过植物学；但是听说，有的树木是有性别的。由树的性别，我忽然联想到了语言的性别。在现代语言中，法文名词有阴、阳二性；德文名词有阴、阳、中三性。古代梵文也有三性。在某些佛典中偶尔也有讲到语言的地方。一些译经的和尚把中性译为"黄的"，"黄的"者，太监也，非男非女之谓也。我惊叹这些和尚之幽默。却忽然想到，难道我们这一棵石榴树竟会是"黄的"吗？

然而，到了今年，奇迹却出现了。一天早晨，我站在阳台上看池塘中的新荷，我的眼前忽然一亮，"万绿丛中一点红"。我连忙擦了擦昏花的老眼，发现石榴树的绿叶丛中有一个亮红的小骨朵儿。我又惊又喜；我们的石榴树有喜了，它不是黄的了。我在大喜之余，遍告诸友。有人对我说："你要走红运了！"我对张铁嘴、王半仙之流的讲运气的话，一向不信。但是，运气，同缘分一样，却是不能不信的。说白了是运气，说文了就是机遇。你能不相信机遇吗？

说老实话，今年确是有一些连做梦都想不到的怪事出现在我的身边。求全之毁，根本没有。不虞之誉却纷至沓来。难道我真交了好运了吗？我从来不认为自己有什么了不起。现在是收获得太多，而给予得太少，时有愧怍之感。我已经九十晋二，富贵于我真如浮云了。我只希望能壮壮实实地再活上一些年，再做一点对人有益的事情，以减少自己的愧怍之感。我尤其希望，在明年此时，石榴花能再照亮我的眼睛。

2002 年 6 月 10 日

第九讲

人到无求品自高

九十述怀

杜甫诗:"人生七十古来稀。"对旧社会来说,这是完全正确的,因为它符合实际情况。但是,到了今天,老百姓却创造了三句顺口溜:"七十小弟弟,八十多来兮,九十不稀奇。"这也是完全正确的,因为它符合实际情况。

但是,对我来说,却另有一番纠葛。我行年九十矣,是不是感到不稀奇呢? 答案是:不是,又是。不是者,我没有感到不稀奇,而是感到稀奇,非常稀奇。我曾在很多地方都说过,我在任何方面都是一个没有雄心壮志的人,我不会说大话,不敢说大话,在年龄方面也一样。我的第一本账只计划活 40 岁到 50 岁。因为我的父母都只活了 40 多岁,遵照遗传的规律,遵照传统伦理道德,我不能也不应活得超过了父母。我又哪里知道,仿佛一转瞬间,我竟活过了从心所欲不逾矩之年,又进入了耄耋的境界,要向期颐进军了。这样一来,我能不感到稀奇吗?

但是,为什么又感到不稀奇呢? 从目前的身体情况来看,除了眼睛和耳朵有点不算太大的问题和腿脚不太灵便外,自我感觉还是良好的,写一篇一两千字的文章,倚椅可待。待人接物,应对进退,还是"难得糊涂"的。这一切都同十年前,或者更长的时间以前,没有什么两样。李太白诗"高堂明镜悲白发",我不但发已全白(有人告诉我,又有黑发长出),而且秃了顶。这一切也都是事实,可惜我不是电影明星,一年照不了两次镜子,那一切我都不视不见。在潜意识中,自己还以为是"朝如青丝"哩。对我这样无知无识、麻木不仁的人,连上帝也没有办法。在这样的情况下,我怎么能会不感到不稀奇呢?

但是,我自己又觉得,我这种精神状态之所以能够产生,不是没有根据的。我国现行的退休制度,教授年龄是60岁到70岁。可是,就我个人而论,在学术研究上,我的冲刺起点是在八十岁以后。开了几十年的会,经过了不知道多少次政治运动,做过不知道多少次自我检查,也不知道多少次对别人进行批判,最后又经历了十年浩劫。"对酒当歌,人生几何?"我自己的一生就是这样白白地消磨过去了。如果不是造化小儿对我垂青,制止了我实行自己年龄计划的话,在我80岁以前(这也算是高寿了)就"遽归道山",我留给子孙后代的东西恐怕是不会多的。不多也不一定就是坏事。留下一些不痛不痒,灾祸梨枣的所谓著述,对任何人都没有好处。但是,对我自己来说,恐怕就要"另案处理"了。

在从80岁到90岁这个10年内,在我冲刺开始以后,颇有一些值得纪念的甜蜜的回忆。在撰写我一生最长的一部长达80万字的著作《糖史》的过程中,颇有一些情节值得回忆,值得玩味。在长达两年的时间内,我每天跑一趟大图书馆,风雨无阻,寒暑无碍。燕园风光旖旎,四时景物不同。春天姹紫嫣红,夏天荷香盈塘,秋天红染霜叶,冬天六出蔽空。称之为人间仙境,也不为过。

然而，在这两年中，我几乎天天都在这样瑰丽的风光中行走。可是我都视而不见，甚至不视不见。未名湖的涟漪，博雅塔的倒影，被外人视为奇观的胜景，也未能逃过我的漠然，懵然，无动于衷。我心中想到的只是大图书馆中的盈室满架的图书，鼻子里闻到的只有那里的书香。

《糖史》的写作完成以后，我又把阵地从大图书馆移到家中来。运筹于斗室之中，决战于几张桌子之上。我研究的对象变成了吐火罗文A方言的《弥勒会见记剧本》。这也不是一颗容易咬的核桃，非用上全力不行。最大的困难在于缺乏资料，而且多是国外的资料。没有办法，只有时不时地向海外求援。现在虽然号称为信息时代，可是我要的信息多是刁钻古怪的东西，一时难以搜寻，我只有耐着性子恭候。舞笔弄墨的朋友，大概都能体会到，当一篇文章正在进行写作时，忽然断了电，你心中真如火烧油浇，然而却毫无办法，只盼喜从天降了，只能听天由命了。此时燕园旖旎的风光，对于我似有似无，心里想到的，切盼的只有海外的来信。如此又熬了一年多，《弥勒会见记剧本》英译本终于在德国出版了。

两部著作完了以后，我平生大愿算是告一段落。痛定思痛，蓦地想到了，自己已是望九之年了。这样的岁数，古今中外的读书人能达到的只有极少数。我自己竟能置身其中，岂不大可喜哉！

我想停下来休息片刻，以利再战。这时就想到，我还有一个家。在一般人心目中，家是停泊休息的最好的港湾。我的家怎样呢？直白地说，我的家就我一个孤家寡人，我就是家，我一个人吃饱了，全家不饿。这样一来，我应该感觉很孤独了吧。然而并不。我的家庭"成员"实际上并不止我一个"人"。我还有四只极为活泼可爱的，一转眼就偷吃东西的，从我家乡山东临清带来的白色波斯猫，眼睛一黄一蓝。它们一点礼节都没有，一点规矩都不懂，时不时地爬上我的脖子，为所欲为，大胆放肆。有一只还专在我的裤腿上撒尿。这一切我不但不介意，而且顾而乐之，让猫们的自由主义恶性发展。

我的家庭"成员"还不止这样多，我还养了两只山大小校友张衡送给我的乌龟。乌龟这玩意儿，现在名声不算太好，但在古代却是长寿的象征。有些人的名字中也使用"龟"字，唐代就有李龟年、陆龟蒙等。龟们的智商大概低于猫们，它们决不会从水中爬出来爬上我的肩头。但是，龟们也自有龟之乐，当我向它喂食时，它们伸出了脖子，一口吞下一粒，它们显然是愉快的。可惜我遇不到惠施，他决不会同我争辩，我何以知道龟之乐。

我的家庭"成员"还没有到此为止，我还饲养了五只大甲鱼。甲鱼，在一般老百姓嘴里叫"王八"，是一个十分不光彩的名称，人们讳言之。然而我却堂而皇之地养在大瓷缸内，一视同仁，毫无歧视之心。是不是我神经出了毛病？用不着请医生去检查，我神经十分正常。我认为，甲鱼同其他动物一样有生存的权利。称之为王八，是人类对它的诬蔑，是向它头上泼脏水。可惜甲鱼无知，不会到世界最高法庭上去状告人类，还要要求赔偿名誉费若干美元，而且要登报声明。我个人觉得，人类在新世纪、新千年中最重要的任务是处理好与大自然的关系。恩格斯已经警告过我们，不要过分陶醉于我们对自然界的胜利。对每一次这样的胜利，自然界都报复了我们。一百多年来的历史事实，日益证明了恩格斯警告之正确与准确。在新世纪中，人类首先必须改恶向善，改掉乱吃其他动物的恶习。人类必须遵守宋代大儒张载的话："民吾同胞，物吾与也。"把甲鱼也看成是自己的伙伴，把大自然看成是自己的朋友，而不是征服的对象。这样一来，人类庶几能有美妙光辉的前途。至于对我自己，也许有人认为我是《世说新语》中的人物，放诞不经。如果真正有的话，那就，那就——由它去吧。

再继续谈我的家和我自己。

我在"十年浩劫"中，自己跳出来反对那位倒行逆施的"老佛爷"，被打倒在地，被戴上了无数顶莫须有的帽子，天天被打，被骂。最初也只觉得滑稽可笑。但"谎言说上一千遍，就变成了真理"，最后连我自己都怀疑起来了："此身合是坏人未？泪眼迷离问苍天。"其实我并没有那么坏，但在许多人眼中，我已经成了一个"不可接触者"。

然而，世事多变，人间正道。不知道是怎么一来，我竟转身一变成了一个"极可接触者"。我常以知了自比。知了的幼虫最初藏在地下，黄昏时爬上树干，天一明就脱掉了旧壳，长出了翅膀，长鸣高枝，成了极富诗意的虫类，引得诗人"倚杖柴门外，临风听暮蝉"了。我现在就是一只长鸣高枝的蝉，名声四被，头上的桂冠比"文革"中头上戴的高帽子还要高出很多，有时候我自己都觉得脸红。其实我自己深知，我并没有那么好。然而，我这样发自肺腑的话，别人是不会相信的。这样一来，我虽孤家寡人，其实家里每天都是热闹非凡。有一位多年的老同事，天天到我家里来"打工"，处理我的杂务，照顾我的生活，最重要的事情是给我读报，读信，因为我眼睛不好。还有，就是同不断打电话来或者亲自登门来的自称是我的"崇拜者"的人们打交道。学校领导因为觉得我年纪已大，不能再招待那么多的来访者，在我门上贴出了通告，想制约一下来访者的袭来，但用处不大，许多客人都视而不见，照样敲门不误。有少数人竟在门外荷塘边上等上几个钟头。除了来访者打电话者外，还有扛着沉重的录像机而来的电视台的导演和记者，以及每天都收到的数量颇大的信件和刊物。有一些年轻的大中学生，把我看成了有求必应的土地爷，或者能预言先知的季铁嘴，向我请求这请求那，向我倾诉对自己父母都不肯透露的心中的苦闷。这些都要我那位"打工"的老同事来处理，我那位打工者此时就成了拦驾大使。想尽花样，费尽唇舌，说服那些想来采访，想来拍电视的好心和热心又诚心的朋友们，请他们少安毋躁。这是极为繁重而困难的工作，我能深切体会。其忙碌困难的情况，我是能理解的。

最让我高兴的是，我结交了不少新朋友。他们都是著名的书法家、画家、诗人、作家、教授。我们彼此之间，除了真挚的感情和友谊之外，决无所求于对方。我是相信缘分的，"有缘千里来相会，无缘对面不相识"，缘分是说不明道不白的东西，但又确实存在。我相信，我同朋友之间就是有缘分的。我们一见如故，无话不谈。没见面时，总惦记着见面的时间；既见面则如鱼得水，心旷神怡；分手后又是朝思暮想，忆念难忘。对我来说，他们不是亲属，胜似亲属。有人说："人生得一知己足矣。"我得到的却不只是一个知己，而是一群知己。有人说我活得非常滋润。此情此景，岂是"滋润"二字可以了得！

我是一个呆板保守的人，秉性固执。几十年养成的习惯，我决不改变。一身卡其布的中山装，国内外不变，季节变化不变，别人认为是老顽固，我则自称是"博物馆的人物"，以示"抵抗"，后发制人。生活习惯也决不改变。四五十年来养成了早起的习惯,每天早晨四点半起床,前后差不了五分钟。古人说"黎明即起",对我来说,这话夏天是适合的;冬天则是在黎明之前几个小时,我就起来了。我五点吃早点,可以说是先天下之早点而早点。吃完立即工作。我的工作主要是爬格子。几十年来,我已经爬出了上千万的字。这些东西都值得爬吗?我认为是值得的。我爬出的东西不见得都是精金粹玉,都是甘露醍醐,吃了能让人升天成仙,但是其中绝没有毒药,绝没有假冒伪劣,读了以后至少能让人获得点享受,能让人爱国,爱乡,爱人类,爱自然,爱儿童,爱一切美好的东西。总之一句话,能让人在精神境界中有所收益。我常常自己警告说:人吃饭是为了活着,但活着绝不是为了吃饭。人的一生是短暂的,决不能白白把生命浪费掉。如果我有一天工作没有什么收获,晚上躺在床上就愧疚难安,认为是慢性自杀。爬格子有没有名利思想呢?坦白地说,过去是有的。可是到了今天名利对我都没有什么用处了,我之所以仍然爬,是出于惯性,其他冠冕堂皇的话,我说不出。"爬格不知老已至,名利于我如浮云",或可能道出我现在的心情。

你想到过死没有呢?我仿佛听到有人在问。好,这话正问到节骨眼上。是的,我想到过死,过去也曾想到死,现在想得更多而已。在"十年浩劫"中,在1967年,一个千钧一发般的小插曲使我避免了走上"自绝于人民的"道路。从那以后,我认为,我已经死过一次,多活一天,都是赚的,到现在已经三十多年了,我真赚了个满堂满贯,真成为一个特殊的大富翁了。但人总是要死的,在这方面,谁也没有特权,没有豁免权。虽然常言道"黄泉路上无老少",但是老年人毕竟有优先权。燕园是一个出老寿星的宝地。我虽年届九旬,但按照年龄顺序排队,我仍落在十几名之后。我曾私自发下宏愿大誓:在向八宝山的攀登中,我一定按照年龄顺序鱼贯而登,决不抢班夺权,硬去加塞。至于事实究竟如何,那就请听下回分解了。

既然已经死过一次,多少年来,我总以为自己已经参悟了人生。我常拿陶渊明的四句诗当作座右铭:"纵浪大化中,不喜亦不惧,应尽便须尽,无复独多虑。"现在才逐渐发现,我自己并没能完全做到。常常想到死,就是一个证明,我有时幻想,自己为什么不能像朋友送给我摆在桌上的奇石那样,自己没有生命,但也绝不会有死呢?我有时候也幻想:能不能让造物主勒住时间前进的步伐,让太阳和月亮永远明亮,地球上一切生物都停住不动,不老呢?哪怕是停上十年八年呢?大家千万不要误会,认为我怕死怕得要命。绝不是那样。我早就认识到,永远变动,永不停息,是宇宙的根本规律,要求不变是荒唐的。万物方生方死,是至理名言。江文通《恨赋》中说:"自古皆有死,莫不饮恨而吞声。"那是没有见地的庸人之举,我虽庸陋,水平还不会那样低。即使我做不到热烈欢迎大限之来临,我也决不会饮恨吞声。

但是,人类是心中充满了矛盾的动物,其他动物没有思想,也就不会有这样多的矛盾。我忝列人类的一分子,心里面的矛盾总是免不了的。我现在是一方面眷恋人生,一方面却又觉得,自己活得实在太辛苦了,我想休息一下了。我向往庄子的话:"大块载我以形,劳我以生。"大家千万不要误会,以为我就要自杀。自杀那玩意儿我决不会再干了。在别人眼中,我现在活得真是非常非常惬意了。不虞之誉,纷至沓来;求全之毁,几乎绝迹。我所到之处,见到的只有笑脸,感到的只有温暖。时时如坐春风,处处如沐春雨,人生至此,实在是真应该满足了。然而,实际情况却并不完全这样惬意。古人说:"不如意事常八九。"这话对我现在来说也是适用的。我时不时地总会碰到一些令人不愉快的事情,让自己的心情半天难以平静。即使在春风得意中,我也有自己的苦恼。我明明是一头瘦骨嶙峋的老牛,却有时被认成是日产鲜奶千磅的硕大的肥牛。已经挤出了奶水五百磅,还求索不止,认为我打了埋伏。其中情味,实难向外人道也。这逼得我不能不想到休息。

我现在不时想到,自己活得太长了,快到一个世纪了。90年前,山东临清县一个既穷又小的官庄出生了一个野小子,竟走出了官庄,走出了临清,走到了济南,走到了北京,走到了德国;后来又走遍了几个大洲,几十个国家。如果把我的足迹画成一条长线的话,这条长线能绕地球几周。我看过埃及的金字塔,看过两河流域的古文化遗址,看过印度的泰姬陵,看过非洲的撒哈拉大沙漠,以及国内外的许多名山大川。我曾住过总统府之类的豪华宾馆,会见过许多总统、总理一级的人物,在流俗人的眼中,真可谓极风光之能事了。然而,我走过的漫长的道路并不总是铺着玫瑰花的,有时也荆棘丛生。我经过山重水复,也经过柳暗花明;走过阳关大道,也走过独木小桥。我曾到阎王爷那里去报到,没有被接纳。终于曲曲折折,颠颠簸簸,坎坎坷坷,磕磕碰碰,走到了今天。现在就坐在燕园朗润园中一个玻璃窗下,写着《九十述怀》。窗外已是寒冬。荷塘里在夏天接天映日的荷花,只剩下干枯的残叶在寒风中摇曳。玉兰花也只留下光秃秃的枝干在那里苦撑。但是,我知道,我仿佛看到荷花蜷曲在冰下淤泥里做着春天的梦；玉兰花则在枝头梦着"春意闹"。它们都在活着，只是暂时地休息，养精蓄锐，好在明年新世纪、新千年中开出更多更艳丽的花朵。

我自己当然也在活着。可是我活得太久了，活得太累了。歌德暮年在一首著名的小诗中想到休息。我也真想休息一下了。但是，这是绝对不可能的。我就像鲁迅笔下的那一位"过客"那样，我的任务就是向前走，向前走。前方是什么地方呢？老翁看到的是坟墓，小女孩看到的是野百合花。我写《八十述怀》时，看到的是野百合花多于坟墓，今天则倒了一个个儿，坟墓多而野百合花少了。不管怎样，反正我是非走上前去不行的，不管是坟墓，还是野百合花，都不能阻挡我的步伐。冯友兰先生的"何止于米"，我已经越过了"米"的阶段。下一步就是"相期以茶"了。我觉得，我目前的选择只有眼前这一条路，这一条路并不遥远。等到我十年后再写《百岁述怀》的时候，那就离"茶"不远了。

2000 年 12 月 20 日

反躬自省[①]

我在上面，从病源开始，写了发病的情况和治疗的过程，自己的侥幸心理，掉以轻心，自己的瞎鼓捣，以致酿成了几乎不可收拾的大患，进了三〇一医院，边叙事、边抒情、边发议论、边发牢骚，一直写了一万三千多字。现在写作重点是应该换一换的时候了。换的主要枢纽是反求诸己。

三〇一医院的大夫们发扬了三高的医风，熨平了我身上的创伤；我自己想用反躬自省的手段，熨平我自己的心灵。

我想从认识自我谈起。

每一个人都有一个自我，自我当然离自己最近，应该最容易认识。事实证明正相反，自我最不容易认识。所以古希腊人才发出了 Know thyself 的惊呼。一般的情况是，人们往往把自己的才能、学问、道德、成就等评估过高，永远是自我感觉良好。这对自己是不利的，对社会也是有害的。许多人事纠纷和社会矛盾由此而生。

不管我自己有多少缺点与不足之处，但是认识自己，我是颇能

[①] 节选自《在病中》。

做到一些的。我经常剖析自己。想回答"自己究竟是一个什么样的人"这样一个问题。我自信能够客观地实事求是地进行分析的。我认为，自己绝不是什么天才，绝不是什么奇才异能之士，自己只不过是一个中不溜丢的人；但也不能说是蠢材。我说不出，自己在哪一方面有什么特别的天赋。绘画和音乐我都喜欢，但都没有天赋。在中学读书时，在课堂上偷偷地给老师画像，我的同桌同学画得比我更像老师，我不得不心服。我羡慕许多同学都能拿出一手儿来，唯独我什么也拿不出。

我想在这里谈一谈我对天才的看法。在世界和中国历史上，确实有过天才；我都没能够碰到。但是，在古代，在现代，在中国，在外国，自命天才的人却层出不穷。我也曾遇到不少这样的人。他们那一副自命不凡的天才相，令人不敢向迩。别人嗤之以鼻，而这些"天才"则岿然不动，挥斥激扬，乐不可支。此种人物列入《儒林外史》是再合适不过的。我除了敬佩他们的脸皮厚之外，无话可说。我常常想，天才往往是偏才。他们大脑里一切产生智慧或灵感的构件集中在某一个点上，别的地方一概不管，这一点就是他的天才之所在。天才有时候同疯狂融在一起，画家凡·高就是一个好例子。

在伦理道德方面，我的基础也不雄厚和巩固。我决没有现在社会上认为的那样好，那样清高。在这方面，我有我的一套"理论"。我认为，人从动物群体中脱颖而出，变成了人。除了人的本质外，动物的本质也还保留了不少。一切生物的本能，即所谓"性"，都是一样的，即一要生存，二要温饱，三要发展。在这条路上，倘有障碍，必将本能地下死力排除之。根据我的观察，生物还有争胜或求胜的本能,总想压倒别的东西,一枝独秀。这种本能人当然也有。我们常讲,在世界上,争来争去,不外名利两件事。名是为了满足求胜的本能;而利则是为了满足求生。二者联系密切,相辅相成,成为人类的公害,谁也铲除不掉。古今中外的圣人贤人们都尽过力量,而所获只能说是有限。

至于我自己,一般人的印象是,我比较淡泊名利。其实这只是一个假象,我名利之心兼而有之。只因我的环境对我有大裨益,所以才造成了这一个假象。我在四十多岁时,一个中国知识分子当时所能追求的最高荣誉,我已经全部拿到手。在学术上是中国科学院学部委员,即后来的院士。在教育界是一级教授。在政治上是全国政协委员。学术和教育我已经爬到了百尺竿头,再往上就没有什么阶梯了。我难道还想登天做神仙吗?因此,以后几十年的提升提级活动我都无权参加,只是领导而已。假如我当时是一个二级教授——在大学中这已经不低了,我一定会渴望再爬上一级的。不过,我在这里必须补充几句。即使我想再往上爬,我决不会奔走、钻营、吹牛、拍马,只问目的,不择手段。那不是我的作风,我一辈子没有干过。

写到这里,就跟一个比较抽象的理论问题挂上了钩:什么叫好人?什么叫坏人?什么叫好?什么叫坏?我没有看过伦理教科书,不知道其中有没有这样的定义。我自己悟出了一套看法,当然是极端粗浅的,甚至是原始的。我认为,一个人一生要处理好三个关系:天人关系,也就是人与大自然的关系;人人关系,也就是社会关系;个人思想和感情中矛盾和平衡的关系。处理好了,人类就能够进步,社会就能够发展。好人与坏人的问题属于社会关系。因此，我在这里专门谈社会关系，其他两个就不说了。

正确处理人与人的关系，主要是处理利害关系。每个人都有自己的利益，都关心自己的利益。而这种利益又常常会同别人有矛盾。有了你的利益，就没有我的利益。你的利益多了，我的就会减少。怎样解决这个矛盾就成了芸芸众生最棘手的问题。

人类毕竟是有思想能思维的动物。在这种极端错综复杂的利益矛盾中，他们绝大部分人都能有分析评判的能力。至于哲学家所说的良知和良能，我说不清楚。人们能够分清是非善恶，自己处理好问题。在这里无非是有两种态度，既考虑自己的利益，为自己着想，也考虑别人的利益，为别人着想。极少数人只考虑自己的利益，而又以残暴的手段攫取别人的利益者，是为害群之马，国家必绳之以法，以保证社会的安定团结。

这也是衡量一个人好坏的基础。地球上没有天堂乐园，也没有小说中所说的"君子国"。对一般人民的道德水平不要提出过高的要求。一个人除了为自己着想外，能为别人着想的水平达到百分之六十，他就算是一个好人。水平越高，当然越好。那样高的水平恐怕只有少数人能达到了。

大概由于我水平太低，我不大敢同意"毫不利己，专门利人"这种提法，一个"毫不"，再加上一个"专门"，把话说得满到不能再满的程度。试问天下人有几个人能做到。提这个口号的人怎样呢？这种口号只能吓唬人，叫人望而却步，决起不到提高人们道德水平的作用。

至于我自己，我是一个谨小慎微、性格内向的人。考虑问题有时候细入毫发。我考虑别人的利益，为别人着想，我自认能达到百分之六十。我只能把自己划归好人一类。我过去犯过许多错误，伤害了一些人。但那绝不是有意为之，是为我的水平低修养不够所支配的。在这里，我还必须再做一下老王，自我吹嘘一番。在大是大非问题前面，我会一反谨小慎微的本性，挺身而出，完全不计个人利害。我觉得，这是我身上的亮点，颇值得骄傲的。总之，我给自己的评价是：一个平平常常的好人，但不是一个不讲原则的滥好人。

现在我想重点谈一谈对自己当前处境的反思。

我生长在鲁西北贫困地区一个僻远的小村庄里。晚年，一个幼年时的伙伴对我说："你们家连贫农都够不上！"在家六年，几乎不知肉味，平常吃的是红高粱饼子，白馒头只有大奶奶给吃过。没有钱买盐，只能从盐碱地里挖土煮水腌咸菜。母亲一字不识，一辈子季赵氏，连个名都没有捞上。

我现在一闭眼就看到一个小男孩，在夏天里浑身上下一丝不挂，滚在黄土地里，然后跳入浑浊的小河里去冲洗。再滚，再冲；再冲，再滚。

"难道这就是我吗？"

"不错，这就是你！"

六岁那年，我从那个小村庄里走出，走向通都大邑，一走就走了将近九十年。我走过阳关大道，也跨过独木小桥。有时候歪打正着，有时候也正打歪着。坎坎坷坷，跌跌撞撞，磕磕碰碰，推推搡搡，云里，雾里。不知不觉就走到了现在的九十二岁，超过古稀之年二十多岁了。岂不大可喜哉！又岂不大可惧哉！我仿佛大梦初觉一样，糊里糊涂地成为一位名人。现在正住在三〇一医院雍容华贵的高干病房里。同我九十年前出发时的情况相比，只有李后主的

"天上人间"四个字差堪比拟于万一。我不大相信这是真的。

我在上面曾经说到，名利之心，人皆有之。我这样一个平凡的人，有了点名，感到高兴，是人之常情。我只想说一句，我确实没有为了出名而去钻营。我经常说，我少无大志，中无大志，老也无大志。这都是实情。能够有点小名小利，自己也就满足了。可是现在的情况却不是这样子。已经有了几本传记，听说还有人正在写作。至于单篇的文章数量更大。其中说的当然都是好话，当然免不了大量溢美之词。别人写的传记和文章，我基本上都不看。我感谢作者，他们都是一片好心。我经常说，我没有那样好，那是对我的鞭策和鼓励。

我感到惭愧。

常言道："人怕出名猪怕壮。"一点小小的虚名竟能给我招来这样的麻烦，不身历其境者是不能理解的。麻烦是错综复杂的，我自己也理不出个头绪来。我现在，想到什么就写点什么，绝对是写不全的。首先是出席会议。有些会议同我关系实在不大，但却又非出席不行，据说这涉及会议的规格。在这一顶大帽子下面，我只能勉为其难了。其次是接待来访者，只这一项就头绪万端。老朋友的来访，什么时候都会给我带来欢悦，不在此列。我讲的是陌生人的来访，学校领导在我的大门上贴出布告：谢绝访问。但大多数人却熟视无睹，置之不理，照样大声敲门。外地来的人，其中多半是青年人，不远千里，为了某一些原因，要求见我。如见不到，他们能在门外荷塘旁等上几个小时，甚至住在校外旅店里，每天来我家附近一次。他们来的目的多种多样，但是大体上以想上北大为最多。他们慕北大之名；可惜考试未能及格。他们错认我有无穷无尽的能力和权力，能帮助自己。另外想到北京找工作的也有，想找我签个名照张相的也有。这种事情说也说不完。我家里的人告诉他们我不在家。于是我就不敢在临街的屋子里抬头，当然更不敢出门，我成了"囚徒"。其次是来信。我每天都会收到陌生人的几封信。有的也多与求学有关。有极少数的男女大孩子向我诉说思想感情方面的一些问题和困惑。据他们自己说，这些事连自己的父母都没有告诉。我读了真正是万分感动，遍体温暖。我有何德何能，竟能让纯真无邪的大孩子如此信任！据说，外面传说，我每信必复。我最初确实有这样的愿望。但是，时间和精力都有限。只好让李玉洁女士承担写回信的任务。这个任务成了德国人口中常说的"硬核桃"。其次是寄来的稿子，要我"评阅"，提意见，写序言，甚至推荐出版。其中有洋洋数十万言之作。我哪里有能力有时间读这些原稿呢？有时候往旁边一放，为新来的信件所覆盖。过了不知多少时候，原作者来信催还原稿。这却使我作了难。"只在此室中，书深不知处"了。如果原作者只有这么一本原稿，那我的罪孽可就大了。其次是要求写字的人多，求我的"墨宝"，有的是楼台名称，有的是展览会的会名，有的是书名，有的是题词，总之是花样很多。一提"墨宝"，我就汗颜。小时候确实练过字。但是，一入大学，就再没有练过书法，以后长期居住在国外，连笔墨都看不见，何来"墨宝"。现在，到了老年，忽然变成了"书法家"，竟还有人把我的"书法"拿到书展上去示众，我自己都觉得可笑！有比较老实的人，暗示给我：他们所求的不过"季羡林"三个字。这样一来，我的心反而平静了一点，下定决心：你不怕丑，我就敢写。其次是广播电台、电视台，还有一些什么台，以及一些报纸杂志编辑部的录像采访。这使我最感到麻烦。我也会说一些谎话的；但我的本性是有时嘴上没遮拦，有时说溜了嘴，在过去，你还能耍点无赖，硬不承认。今天他们人人手里都有录音机，"君子一言，驷马难追"，同他们订君子协定，答应删掉；但是，多数是原封不动，和盘端出，让你哭笑不得。上面的这一段诉苦已经够长的了，但是还远远不够，苦再诉下去，也了无意义，就此打住。

我虽然有这样多麻烦，但我并没有被麻烦压倒。我照常我行我素，做自己的工作。我一向关心国内外的学术动态。我不厌其烦地鼓励我的学生阅读国内外与自己研究工作有关的学术刊物。一般是浏览，重点必须细读。为学贵在创新。如果连国内外的新都不知道，你的新何从创起？我自己很难到大图书馆看杂志了。幸而承蒙许多学术刊物的主编不弃，定期寄赠。我才得以拜读，了解了不少当前学术研究的情况和结果，不致闭目塞听。我自己的研究工作仍然照常进行。遗憾的是，许多多年来就想研究的大题目，曾经积累过一些材料，现在拿起来一看，顿时想到自己的年龄，只能像玄奘当年那样，叹一口气说："自量气力，不复办此。"

对当前学术研究的情况，我也有自己的一套看法，仍然是顿悟式地得来的。我觉得，在过去，人文社会科学学者在进行科研工作时，最费时间的工作是搜集资料，往往穷年累月，还难以获得多大成果。现在电子计算机光盘一旦被发明，大部分古籍都已收入。不费吹灰之力，就能涸泽而渔。过去最繁重的工作成为最轻松的了。有人可能掉以轻心，我却有我的忧虑。将来的文章由于资料丰满可能越来越长，而疏漏则也可能越来越多。光盘不可能把所有的文献都吸引进去，而且考古发掘还会不时有新的文献呈现出来。这些文献有时候比已有的文献还更重要,万万不能忽视的。好多人都承认,现在学术界急功近利浮躁之风已经有所抬头,剽窃就是其中最显著的表现,这应该引起人们的戒心。我在这里抄一段朱子的话,献给大家。朱子说:"圣人言语,一步是一步。近来一种议论,只是跳躑。初则两三步做一步,甚则十数步做一步,又甚则千百步做一步。所以学之者皆颠狂。"(《朱子语类》124)愿与大家共勉力戒之。

三辞桂冠[1]

辞"国学大师"

现在在某些比较正式的文件中，在我头顶上也出现"国学大师"这一灿烂辉煌的光环。这并非无中生有，其中有一段历史渊源。

约莫十几二十年前，中国的改革开放大见成效，经济飞速发展。文化建设方面也相应地活跃起来。有一次在还没有改建的大讲堂里开了一个什么会，专门向同学们谈国学，中华文化的一部分毕竟是保留在所谓"国学"中的。当时在主席台上共坐着五位教授，每个人都讲上一通。我是被排在第一位的，说了些什么话，现在已忘得干干净净。《人民日报》的一位资深记者是北大校友，"于无声处听惊雷"，在报上写了一篇长文《国学，在燕园又悄然升起》。从此以后，其中四位教授，包括我在内，就被称为"国学大师"。他们三位的国学基础都比我强得多。他们对这一顶桂冠的想法如何，我不清楚。我自己被戴上了这一顶桂冠，却是浑身起鸡皮疙瘩。这

---

[1] 节选自《在病中》。

情况引起了一位学者（或者别的什么"者"）的"义愤"，触动了他的特异功能，在杂志上著文说，提倡国学是对抗马克思主义。这话真是石破天惊，匪夷所思，让我目瞪口呆。一直到现在，我仍然没有想通。

说到国学基础，我从小学起就读经书、古文、诗词。对一些重要的经典著作有所涉猎。但是我对哪一部古典，哪一个作家都没有下过死功夫，因为我从来没想成为一个国学家。后来专治其他的学术，浸淫其中，乐不可支。除了尚能背诵几百首诗词和几十篇古文外；除了尚能在最大的宏观上谈一些与国学有关的自谓是大而有当的问题比如天人合一外，自己的国学知识并没有增加。环顾左右，朋友中国学基础胜于自己者，大有人在。在这样的情况下，我竟独占"国学大师"的尊号，岂不折煞老身（借用京剧女角词）！我连"国学小师"都不够，遑论"大师"！

为此，我在这里昭告天下：请从我头顶上把"国学大师"的桂冠摘下来。

辞"学界（术）泰斗"

这要分两层来讲：一个是教育界；一个是人文社会科学界。

先要弄清楚什么叫"泰斗"。泰者，泰山也；斗者，北斗也。两者都被认为是至高无上的东西。

光谈教育界。我一生做教书匠，爬格子。在国外教书十年，在国内五十七年。人们常说："没有功劳，也有苦劳。"特别是在过去几十年中，天天运动，花样翻新，总的目的就是让你不得安闲，神经时时刻刻都处在万分紧张的情况中。在这样的情况下,我一直担任行政工作,想要做出什么成绩,岂不戛戛乎难矣哉!我这个"泰斗"从哪里讲起呢?

在人文社会科学的研究中,说我做出了极大的成绩,那不是事实。说我一点成绩都没有,那也不符合实际情况。这样的人,滔滔者天下皆是也。但是,现在却偏偏把我"打"成泰斗。我这个泰斗又从哪里讲起呢?

为此,我在这里昭告天下:请从我头顶上把"学界(术)泰斗"的桂冠摘下来。

辞"国宝"

在中国,一提到"国宝",人们一定会立刻想到人见人爱憨态可掬的大熊猫。这种动物数量极少,而且只有中国有,称之为"国宝",它是当之无愧的。

可是,大约在八九十来年前,在一次会议上,北京市的一位领导突然称我为"国宝",我极为惊愕。到了今天,我所到之处,"国宝"之声洋洋乎盈耳矣。我实在是大惑不解。当然,"国宝"这一顶桂冠并没有为我一人所垄断,其他几位书画名家也有此称号。

我浮想联翩,想探寻一下起名的来源。是不是因为中国只有一个季羡林,所以他就成为"宝"。但是,中国的赵一钱二孙三李四等等,等等,也都只有一个,难道中国能有十三亿"国宝"吗?

这种事情,痴想无益,也完全没有必要。我来一个急刹车。

为此,我在这里昭告天下:请从我头顶上把"国宝"的桂冠摘下来。

三顶桂冠一摘,还了我一个自由自在身。身上的泡沫洗掉了,露出了真面目,皆大欢喜。

露出了真面目,自己是不是就成了原来蒙着华贵的绸罩的朽木架子而今却完全塌了架了呢?

也不是的。

我自己是喜欢而且习惯于讲点实话的人。讲别人,讲自己,我都希望能够讲得实事求是,水分越少越好。我自己觉得,桂冠取掉,里面还不是一堆朽木,还是有颇为坚实的东西的。至于别人怎样看我,我并不十分清楚。因为,正如我在上面说的那样,别人写我的文章我基本上是不读的,我怕里面的溢美之词。现在困居病房,长昼无聊,除了照样舞笔弄墨之外,也常考虑一些与自己学术研究有关的问题,凭自己那一点自知之明,考虑自己学术上有否"功业",有什么"功业"。我尽量保持客观态度。过于谦虚是矫情,过于自吹自擂是老王,二者皆为我所不敢取。我在下面就"夫子自道"一番。

我常常戏称自己为"杂家"。我对人文社会科学领域内,甚至科技领域内的许多方面都感兴趣。我常说自己是"样样通,样样松"。这话并不确切。很多方面我不通;有一些方面也不松。合辙押韵,说着好玩而已。

我从事科学研究工作,已经有七十年的历史。我这个人在任何方面都是后知后觉。研究开始时并没有显露出什么奇才异能,连我自己都不满意。后来逐渐似乎开了点窍,到了德国以后,才算是走上了正路。但一旦走上了正路,走的就是快车道。回国以后,受到了众多的干扰,"十年浩劫"中完全停止。改革开放,新风吹起。我又重新上路,到现在已有二十多年了。

根据我自己的估算,我的学术研究的第一阶段是德国十年。研究的主要方向是原始佛教梵语,我的博士论文就是这方面的题目。在论文中,我论到了一个可以说是被我发现的新的语尾,据说在印欧语系比较语言学上颇有重要意义,引起了比较语言学教授的极大关怀。到了1965年,我还在印度语言学会出版的 Indian Linguistics Vol. II 发表了一篇 On the Ending- neatha for the First Person Rlural Atm. in the Buddhist mixed Dialect [①]。这是我博士论文的持续发展。当年除了博士论文外,我还写了两篇比较重要的论文,一篇是讲不定过去时的,一篇讲 -am > o, u。都发表在哥廷根科学院院刊上。在德国,科学院是最高学术机构,并不是每一个教授都能成为院士。德国规矩,一个系只有一个教授,无所谓系主任。每一个学科全国也不过有二三十个教授,比不了我们现在大学中一个系的教授数量。在这样的情况下,再选院士,其难可知。科学院的院刊当然都是代表最高学术水平的。我以一个三十岁刚出头的异国的毛头小伙子竟能在上面连续发表文章,要说不沾沾自喜,那就是纯粹的谎话了。而且我在文章中提出的结论至今仍能成立,还有新出现的材料来证明,足以自慰了。此时还写了一篇关于解谈吐火罗文的文章。

1946年回国以后,由于缺少最起码的资料和书刊,原来做的研究工作无法进行,只能改行,我就转向佛教史研究,包括印度、中

---

① 注:经查,本篇发表于1949年的 *Indian Linguistics* Vol. XI。

亚以及中国佛教史在内。在印度佛教史方面，我给与释迦牟尼有不共戴天之仇的提婆达多翻了案，平了反。公元前五六世纪的北天竺，西部是婆罗门的保守势力，东部则兴起了新兴思潮，是前进的思潮，佛教代表的就是这种思潮。提婆达多同佛祖对着干，事实俱在，不容怀疑。但是，他的思想和学说的本质是什么，我一直没弄清楚。我觉得，古今中外写佛教史者可谓多矣，却没有一人提出这个问题，这对真正印度佛教史的研究是不利的。在中亚和中国内地的佛教信仰中，我发现了弥勒信仰的重要作用。也可以算是发前人未发之覆。我那两篇关于"浮屠"与"佛"的文章，篇幅不长，却解决了佛教传入中国的道路的大问题，可惜没引起重视。

我一向重视文化交流的作用和研究。我是一个文化多元论者，我认为，文化一元论有点法西斯味道。在历史上，世界民族，无论大小，大多数都对人类文化作出了贡献。文化一产生，就必然会交流，互学，互补，从而推动了人类社会的进步。我们难以想象，如果没有文化交流，今天的世界会是一个什么样子。在这方面，我不但写过不少的文章，而且在我的许多著作中也贯彻了这种精神。长达约八十万字的《糖史》就是一个好例子。

提到了《糖史》，我就来讲一讲这一部书完成的情况。我发现，现在世界上流行的大语言中，"糖"这一个词儿几乎都是转弯抹角地出自印度梵文的 śarkarā 这个字。我从而领悟到，在糖这种微末不足道的日常用品中竟隐含着一段人类文化交流史。于是我从很多年前就着手搜集这方面的资料。在德国读书时，我在汉学研究所曾翻阅过大量的中国笔记，记得里面颇有一些关于糖的资料。可惜当时我脑袋里还没有这个问题，就视而不见，空空放过，而今再想弥补，是绝对不可能的事情了。今天有了这问题，只能从头做起。最初，电子计算机还很少很少，而且技术大概也没有过关。即使过了关，也不可能把所有的古籍或今籍一下子都收入。留给我的只有一条笨办法：自己查书。然而，群籍浩如烟海，穷我毕生之力，也是难以查遍的。幸而我所在的地方好，北大藏书甲上库，查阅方便。即使这样，我也要定一个范围。我以善本部和楼上的教员阅览室为基地，有必要时再走出基地。教员阅览室有两层楼的书库，藏书十余万册。于是在我八十多岁后，正是古人"含饴弄孙"的时候，我却开始向科研冲刺了。我每天走七八里路，从我家到大图书馆，除星期日大馆善本部闭馆外，不管是冬天，还是夏天；不管是刮风下雨，还是坚冰在地，我从未间断过。如是者将及两年，我终于翻遍了书库，并且还翻阅了《四库全书》中有关典籍，特别是医书。我发现了一些规律。首先是，在中国最初只饮蔗浆，用蔗制糖的时间比较晚。其次，同在古代波斯一样，糖最初是用来治病的，不是调味的。再次，从中国医书上来看，使用糖的频率越来越小，最后几乎很少见了。最后，也是最重要的一点，把原来是红色的蔗汁熬成的糖浆提炼成洁白如雪的白糖的技术是中国发明的。到现在，世界上只有两部大型的《糖史》，一为德文，算是世界名著；一为英文，材料比较新。在我写《糖史》第二部分，国际部分时，曾引用过这两部书中的一些资料。做学问，搜集资料，我一向主张要有一股"竭泽而渔"的劲头。不能贪图省力，打马虎眼。

既然讲到了耄耋之年向科学进军的情况，我就讲一讲有关吐火罗文研究。我在德国时，本来不想再学别的语言了，因为已经学了不少，超过了我这个小脑袋瓜的负荷能力。但是，那一位像自己祖父般的西克（E. Sieg）教授一定要把他毕生所掌握的绝招统统传授给我。我只能向他那火一般的热情屈服，学习了吐火罗文A焉耆语和吐火罗文B龟兹语。我当时写过一篇文章，讲《福力太子因缘经》的诸异本，解决了吐火罗文本中的一些问题，确定了几个过去无法认识的词儿的含义。回国以后，也是由于缺乏资料，只好忍痛与吐火罗文告别，几十年没有碰过。20世纪70年代，在新疆焉耆县七个星断壁残垣中发掘出来了吐火罗文A的《弥勒会见记剧本》残卷。新疆博物馆的负责人亲临寒舍，要求我加以解读。我由于没有信心，坚决拒绝。但是他们苦求不已，我只能答应下来，试一试看。结果是，我的运气好，翻了几张，书名就赫然出现：《弥勒会见记剧本》。我大喜过望。于是在冲刺完了《糖史》以后，立即向吐火罗文进军。我根据回鹘文同书的译本，把吐火罗文本整理了一番，理出一个头绪来。陆续翻译了一些，有的用中文，有的用英文，译文间有错误。到了20世纪90年代后期，我集中精力，把全部残卷译成了英文。我请了两位国际上公认是吐火罗文权威的学者帮助我，一位德国学者，一位法国学者。法国学者补译了一段，其余的百分之九十七八以上的工作都是我做的。即使我再谦虚，我也只能说，在当前国际上吐火罗文研究最前沿上，中国已经有了位置。

下面谈一谈自己的散文创作。我从中学起就好舞笔弄墨。到了高中，受到了董秋芳老师的鼓励。从那以后的七十年中，一直写作不辍。我认为是纯散文的也写了几十万字之多。但我自己喜欢的却为数极少。评论家也有评我的散文的；一般说来，我都是不看的。我觉得，文艺评论是一门独立的科学，不必与创作挂钩太亲密。世界各国的伟大作品没有哪一部是根据评论家的意见创作出来的。正相反，伟大作品倒是评论家的研究对象。目前的中国文坛上，散文又似乎是引起了一点小小的风波，有人认为散文处境尴尬，等等，皆为我所不解。中国是世界散文大国，两千多年来出现了大量优秀作品，风格各异，至今还为人所诵读，并不觉得不新鲜。今天的散文作家大可以尽量发挥自己的风格，只要作品好，有人读，就算达到了目的，凭空作南冠之泣是极为无聊的。前几天，病房里的一位小护士告诉我，她在回家的路上一气读了我五篇散文，她觉得自己的思想感情有向上的感觉。这种天真无邪的评语是对我最高的鼓励。

最后，还要说几句关于翻译的话。我从不同文字中翻译了不少文学作品，其中最主要的当然是印度大史诗《罗摩衍那》。

以上是我根据我那一点自知之明对自己"功业"的评估，是我的"优胜纪略"。但是，我自己最满意的还不是这些东西，而是自己胡思乱想关于"天人合一"的新解。至少在十几年前，我就想到了一个问题。大自然中出现了不少问题，比如生态平衡破坏，植物灭种，臭氧出洞，气候变暖，淡水资源匮乏，新疾病产生，等等。哪一样不遏制，人类发展前途都会受到影响。我认为，这些危害都是西方与大自然为敌，要征服自然的结果。西方哲人歌德、雪莱、恩格斯等早已提出了警告。可惜听之者寡，情况越来越严重，各国政府，甚至联合国才纷纷提出了环保问题。我并不是什么先知先觉，只是感觉到了，不得不大声疾呼而已。我的"天人合一"要求的是人与大自然要做朋友，不要成为敌人。我们要时刻记住恩格斯的话：大自然是会报复的。

以上就是我的"夫子自道"，"道"得准确与否，不敢说。但是，

"道"的都是真话。

此外，在提倡新兴学科方面，我也做了一些工作，比如敦煌学，我在这方面没有写过多少文章；但对团结学者和推动这项研究工作，我却作出了一些贡献。又如比较文学，关于比较文学的理论问题，我几乎没有写过文章，因为我没有研究。但是中国第一个比较文学研究会却是在北大成立的，可以说是开风气之先。此外，我还主编了几种大型的学术丛书，首先就是《东方文化集成》，准备出五百种，用高水平的研究成果，向世界人民展示什么叫东方文化。我还帮助编纂了《四库全书存目丛书》，取得了很大的成功。其余几种现在先不介绍了。我觉得有相当大意义的工作是我把印度学引进了中国，或者也可以说，在中国过去有上千年光辉历史的印度研究又重新恢复起来。现在已经有了几代传人，方兴未艾。要说从我身上还有什么值得学习的东西，那就是勤奋。我一生不敢懈怠。

总而言之，我就是通过这一些"功业"获得了名声，大都是不虞之誉。政府、人民，以及学校给予我的待遇，同我对人民和学校所作的贡献，相差不可以道里计。我心里始终感到愧疚不安。现在有了病，又以一个文职的教书匠硬是挤进了部队军长以上的高干疗养的病房，冒充了四十五天的"首长"。政府与人民待我可谓厚矣。扪心自问，我何德何才，获此殊遇！

就在进院以后，专家们都看出了我这一场病的严重性，是一场能致命的不大多见的病。我自己却还糊里糊涂，掉以轻心，溜溜达达，走到阎王爷驾前去报到。大概由于文件上一百多块图章数目不够，或者红包不够丰满，被拒收，我才又走回来，再也不敢三心二意了，一住就是四十五天，捡了一条命。

我在医院中是一个非常特殊的病人，一般的情况是，病人住院专治一种病，至多两种。我却一气治了四种病。我的重点是皮肤科，但借住在呼吸道科病房里，于是大夫也把我吸收为他们的病人。一次我偶尔提到，我的牙龈溃疡了。院领导立刻安排到牙科去，由主任亲自动手，把我的牙整治如新。眼科也是很偶然的。我们认识魏主任，他说要给我治眼睛。我的眼睛毛病很多，他作为专家，一眼就看出来了。细致地检查，认真地观察，在十分忙碌的情况下，最后他说了一句铿锵有力的话："我放心了！"我听了当然也放心了。他又说，今后五六年中没有问题。最后还配了一副我生平最满意的眼镜。

上面讲的主要是医疗方面的情况。我在这里还领略人情之美。我进院时，是病人对医生的关系。虽然受到院长、政委、几位副院长，以及一些科主任和大夫的礼遇，仍然不过是这种关系的表现。

但是，悄没声地这种关系起了变化。我同几位大夫逐渐从病人医生的关系转向朋友的关系，虽然还不能说无话不谈，但却能谈得很深，讲一些蕴藏在心灵中的真话。常言道："对人只讲三分话，不能全抛一片心。"讲点真话，也并不容易的。此外，我同本科的护士长、护士，甚至打扫卫生的外地来的小女孩，也都逐渐熟了起来，连给首长陪住的解放军战士也都成了我的忘年交，其乐融融。

我的七十年前的老学生原三〇一副院长牟善初，至今已到了望九之年，仍然每天穿上白大褂，巡视病房。他经常由周大夫陪着到我屋里来闲聊。七十年的漫长的岁月并没有隔断我们的师生之情，不也是人生一大快事吗？

我的许多老少朋友，包括江牧岳先生在内，亲临医院来看我。如果不是三〇一门禁极为森严，则每天探视的人将挤破大门。我真正感觉到了，人间毕竟是温暖的，生命毕竟是可爱的，生活着毕竟是美丽的（我本来不喜欢某女作家的这一句话，现在姑借用之）。

我初入院时，陌生的感觉相当严重。但是，现在我要离开这里了，却产生了浓烈的依依难舍的感情。"客房回看成乐园"，我不禁一步三回首了。

九三述怀

前几天，在医院里过了一个生日，心里颇为高兴；但猛然一惊：自己已经又增加了一岁，现在是九十三岁了。

在五十多年前，当我处在四十岁阶段的时候，九十三这个数字好像是一个天文数字，可望而不可即。我当时的想法是：我大概只能活到四五十岁。因为我的父母都没有超过这个年龄，由于 x 基因或 y 基因的缘故，我决不能超过这个界限的。

然而人生真如电光石火，一转瞬间已经到了九十三岁。只有在医院里输液的时候感到时间过得特别慢以外，其余的时间则让我感到快得无法追踪。

近两年来，运交华盖，疾病缠身，多半是住在医院中。医院里的生活，简单而又烦琐。我是因一种病到医院里来的。入院以后，又患上了其他的病。在我入院前后所患的几种病中最让人讨厌的是天疱疮。手上起疱出水，连指甲盖下面都充满了水，是一种颇为危险的病。从手上向臂上发展，发展到一定的程度，就有性命危险。来到三〇一医院，经李恒进大夫诊治，药到病除，真正是妙手回春。后来又患上了几种别的病。有一种是前者的发展，改变了地方,改变了形式,长在了右脚上,黑黢黢、脏兮兮的一团,大概有一斤多重。我自己看了都恶心。有时候简直想把右脚砍掉,看你这些丑类到何处去藏身!幸亏老院长牟善初的秘书周大夫不知从哪里弄到了一种平常的药膏,抹上,立竿见影,脏东西除掉了。为了对付这一堆脏东西,三〇一医院曾组织过三次专家会诊,可见院领导对此事之重视。

你想到了死没有?想到过的,而且不止一次。不这样也是不可能的。人类是生物的一种。凡是生物,莫不好生而恶死,包括植物在内,一概如此。人们常说:好死不如赖活着。江淹《恨赋》中说:"自古皆有死,莫不饮恨而吞声。"我基本上也不能脱这个俗。但是,我有我的特殊经历,因此,我有我的生死观。我在十年浩劫中,实际上已经死过一次。在《牛棚杂忆》中对此事有详细的叙述。我在这里不再重复。现在回忆起来,让我吃惊的是,临死前心情竟是那样平静,那样和谐。什么"饮恨",什么"吞声",根本不沾边儿。有了这样的独特的经历,即使再想到死,一点恐惧之感也没有了。

总起来说,我的人生观是顺其自然,有点接近道家。我生平信奉陶渊明的四句诗:"纵浪大化中,不喜亦不惧。应尽便须尽,无复独多虑。"在这里一个关键的字是"应"。谁来决定"应""不应"呢?一个人自己,除了自杀以外,是无权决定的。因此,我觉得,对个人的生死大事不必过分考虑。

我最近又发明了一个公式:无论什么人,不管是男是女,不管是外国人还是中国人,也不管是处在什么年龄阶段,同阎王爷都是等距离的。中国有两句俗话:"阎王叫你三更死,不能留人到五更。"

这都说明，人们对自己的生死大事是没有多少主动权的。但是，只要活着，就要活得像个人样子。尽量多干一些好事，千万不要去干坏事。

人们对自己的生命也并不是一点主观能动性都没有的。人们不都在争取长寿吗？在林林总总的民族之林中，中国人是最注重长寿，甚至长生的。在过去几千年的历史上，我们创造了很多长寿甚至长生的故事。什么"王子去求仙，丹成入九天。山中方七日，世上几千年"。这实在没有什么意义。一些历史上的皇帝，甚至英明之主，为了争取长生，"为药所误"。唐太宗就是一个好例子。

中国古代文人对追求长生有自己的表达方式。苏东坡词："谁道人生无再少？门前流水尚能西。休将白发唱黄鸡。"在这里出现"再少"这个词儿。肉体上的再少，是不可能的。时间不能倒转。我的理解是，如果老年人能做出像少年的工作，这就算是"再少"了。

我现在算不算是"再少"，我自己不敢说。反正我从来不敢懈怠，从来不倚老卖老。我现在既向后看，回忆过去的九十年；也向前看，看到的不是八宝山，而是活过一百岁。眼前就有我的好榜样。上海的巴金，长我七岁；北京的臧克家，长我六岁，都仍然健在。他们的健在给了我信心，给了我勇气，也给了我灵感。我想同他们竞赛，我们都会活到一百多岁的。

但是，我并不是为活着而活着。活着不是我的目的，而是我的手段。前辈学人陈翰笙先生，当他一百岁时人们为他在人民大会堂祝寿的时候，他眼睛已经失明多年，身体也不见得怎么好。可是，请他讲话的时候，他第一句话就是："我要工作。"全堂为之振奋不已。

我觉得，中国人民在过去几千年的历史上成就了许多美德，其中一条是"鞠躬尽瘁，死而后已"（出自《三国志·蜀志·诸葛亮传》）。这能代表我们中华民族伟大的一个方面。在几千年的历史上起着作用，至今不衰。

在历史上，我们的先人对人生还有一些细致入微而又切中要害的感悟。我举一个例子。多少年来，社会上流传着两句话：不如意事常八九，能与人言无二三。根据我们每一个人的亲身体会，这两句话是完全没有错的。在我们的生活中，在我们的社会交往中，尽管有不少令人愉快的如意的事情，但也不乏不愉快不如意的事情。年年如此，月月如此，天天如此。这个平凡的真理也不是最近才发现的。宋代的伟大词人辛稼轩就曾写道："肘后俄生柳，叹人生，不如意事，十常八九。"这颇能道出古今人人心中都会有的想法。我们老年人对此更应该加强警惕。因为不如意事有的是人招惹出来的。老年人，由于生理的制约，手和脑都会不太灵光，招惹不如意事的机会会更多一些。我原来的原则是随遇而安，近来我又提高了一步：知足常乐，能忍自安。境界显然提高了一步。

写到这里，我想写一个看来与我的主题无关而实极有关的问题：中西高级知识分子比较研究。所谓高级知识分子，无非是教授、研究员，著名的艺术家——画家、音乐家、歌唱家、演员等。这个题目，在过去似乎还没有人研究过。我个人经过比较长期的思考，觉得其间当然有共性，都是知识分子嘛；但是区别也极大。简短截说，西方高级知识分子大多数是自了汉，就是只管自己那一亩三分地里的事情，有点像过去中国老农那一种"老婆、孩子、热炕头，外加二亩地、一头牛"的样子。只要不发生战争，他们的工资没有问题，可以安心治学，因此成果显著地比我们多。他们也不像我们几乎天天开会，天天在运动中。我们的高知继承了中国自古以来知识分子（士）的传统，家事、国事、天下事，事事关心。中国古代的皇帝们最恨知识分子这种毛病。他们希望士们都能夹起尾巴做人。知识分子偏不听话，于是在中国历史上，所谓"文字狱"这种玩意儿就特别多。很多皇帝都搞文字狱。到了清朝，又加上了个民族问题。于是文字狱更特别多。

最后，我还必须谈一谈服老与不服老的辩证关系。所谓服老，就是，一个老人必须承认客观现实。自己老了，就要老实承认。过去能做到的事情，现在做不到了，就不要勉强去做。但是，如果完完全全让老给吓住，什么事情都不做，这无异于坐而待毙，是极不可取的行为。人们的主观能动性的能量是颇为可观的。真正把主观能动性发挥出来，就能产生一种不服老的力量。正确处理服老与不服老的关系并不容易。二者之间的关系有点恍兮惚兮，其中有物。但是，这个物是什么，我却说不清楚。领悟之妙，在于一心。普天下善男信女们会想出办法的。

我已经写了不少。为什么写这样多呢？因为我感觉到，我们的生活环境和生活条件，日益改善，将来老年人会越来越多。我现在把自己的一点经历写了出来，供老人们参考。

千言万语，不过是一句话：我们老年人不要一下子躺在老字上，无所事事，我们的活动天地还是够大的。

有道是：

走过独木桥，

跳过火焰山。

豪情依然在，

含笑颂九三！

      2003 年 8 月 18 日于三〇一医院

第十讲

养生无术是有术

养生无术是有术

黄伟经兄来信,为《羊城晚报·健与美副刊》向我索稿。他要我办的事,我一向是敬谨遵命的,这一次也不能例外。但是,健美双谈,我确有困难。我老态龙钟,与美无缘久矣,美是无从谈起了。至于健嘛,却是能谈一点的。

我年届耄耋,慢性病颇有一些。但是,我认为,这完全符合规律,从不介意。现在身躯顽健,十里八里,抬腿就到。每天仍工作七八个小时,论文每天也能写上几千字,毫不含糊。别人以此为怪,我却颇有点沾沾自喜。小友粟德金在 China Daily 上写文章,说我有点忘记了自己的年龄。他说到了点子上。我虽忘记了年龄,但却没有忘乎所以,胡作非为。我还是有点自知之明的。

在这样的情况下,很多人总要问我有什么养生之术,有什么秘诀。我的回答是:没有秘诀,也从来不追求什么秘诀。我有一个"三不主义",这就是,不锻炼,不挑食,不嘀咕。这需要解释一下。所谓"不锻炼",绝不是一概反对体育锻炼。我只是反对那些"锻炼主义者"。对他们来说,天地,一锻炼也;人生,一锻炼也。我觉得,人生的意义与价值就在于工作。工作必须有健康的体魄,但更重要的是，必须有时间。如果大部分时间都用于体育锻炼，这有什么意义呢？至于"不挑食"，那容易了解。不管哪一国的食品，只要合我的口味，我张嘴便吃。什么胆固醇，什么高脂肪，统统见鬼去吧。那些吃东西左挑右拣，战战兢兢，吃鸡蛋不吃黄，吃肉不吃内脏，结果胆固醇反而越来越高。我的胆固醇从来没有高过，人皆以为怪，其实有什么可怪呢？至于"不嘀咕"，上面讲的那些话里面实际上已经涉及了。我从来不为自己的健康而愁眉苦脸。有的人无病装病，有的人无病幻想自己有病。我看了十分感到别扭，感到腻味。

我是陶渊明的信徒。他的四句诗：

纵浪大化中，
不喜亦不惧。
应尽便须尽，
无复独多虑。

这就是我的座右铭。

我这一篇短文的题目是：养生无术是有术。初看时恐怕有点难解。现在短文结束了，再回头看这个题目，不是一清二楚了吗？至少我希望是这样。

1993年11月26日

长寿之道

我已经到了望九之年,可谓长寿矣。因此经常有人向我询问长寿之道,养生之术。

我敬谨答曰:"养生无术是有术。"

这话看似深奥,其实极为简单明了。我有两个朋友,十分重视养生之道。每天锻炼身体,至少要练上两个钟头。曹操诗曰:"对酒当歌,人生几何?"人生不过百年,每天费上两个钟头,统计起来,要有多少钟头啊!利用这些钟头,能做多少事情呀!如果真有用,也还罢了。他们二人,一个先我而走;一个卧病在家,不能出门。

因此,我首创了三"不"主义:不锻炼,不挑食,不嘀咕,名闻全国。

我这个三不主义,容易招误会,我现在利用这个机会解释一下。我并不绝对反对适当的体育锻炼。但不要过头。一个人如果天天望长寿如大旱之望云霓,而又绝对相信体育锻炼,则此人心态恐怕有点失常,反不如顺其自然为佳。

至于不挑食,其心态与上面相似。常见有人年才逾不惑,就开始挑食,蛋黄不吃,动物内脏不吃,每到吃饭,战战兢兢,如履薄冰，窘态可掬，看了令人失笑。以这种心态而欲求长寿，岂非南辕而北辙！

我个人认为，第三点最为重要。对什么事情都不嘀嘀咕咕，心胸开朗，乐观愉快，吃也吃得下，睡也睡得着，有问题则设法解决之，有困难则努力克服之，决不视芝麻绿豆大的窘境如苏迷庐山般大，也决不毫无原则随遇而安，决不玩世不恭。"应尽便须尽，无复独多虑。"有这样的心境，焉能不健康长寿？

我现在还想补充一点，很重要的一点。根据我个人七八十年的经验，一个人决不能让自己的脑筋投闲置散，要经常让脑筋活动着。根据外国一些科学家实验结果，"用脑伤神"的旧说法已经不能成立，应改为"用脑长寿"。人的衰老主要是脑细胞的死亡。中老年人的脑细胞虽然天天死亡，但人一生中所启用的脑细胞只占细胞总量的四分之一，而且在活动的情况下，每天还有新的脑细胞产生。只要脑筋的活动不停止，新生细胞比死亡细胞数目还要多。勤于动脑筋，则能经常保持脑中血液的流通状态，而且能通过脑筋协调控制全身的功能。

我过去经常说："不要让脑筋闲着。"我就是这样做的。结果是有人说我"身轻如燕，健步如飞"。这话有点过了头，反正我比同年龄人要好些，这却是真的。原来我并没有什么科学根据，只能算是一种朴素的直觉。现在读报纸，得到了上面认识。在沾沾自喜之余，谨做补充如上。

这就是我的"长寿之道"。

1997 年 10 月 29 日

老年十忌

我已经在本栏写过谈老年的文章,意犹未尽,再写"十忌"。

忌,就是禁忌,指不应该做的事情。人的一生,都有一些不应该做的事情,这是共性。老年是人生的一个阶段,有一些独特的不应该做的事情,这是特性,老年禁忌不一定有十个。我因受传统的"十全大补""某某十景"之类的"十"字迷的影响,姑先定为十个。将来或多或少,现在还说不准。骑驴看唱本,走着瞧吧。

一忌:说话太多。说话,除了哑巴以外,是每人每天必有的行动。有的人喜欢说话,有的人不喜欢,这决定于一个人的秉性,不能强求一律。我在这里讲忌说话太多,并没有"祸从口出"或"金人三缄其口"的含义。说话惹祸,不在话多话少,有时候,一句话就能惹大祸。口舌惹祸,也不限于老年人,中年和青年都可能由此致祸。

我先举几个例子。

大学有一位老教授,道德文章,有口皆碑。虽年逾耄耋,而思维敏锐,说话极有条理。不足之处是:一旦开口,就如悬河泄水,滔滔不绝;又如开了闸,再也关不住,水不断涌出。在那个大学里流传着一个传说：在学校召开的会上，某老一开口发言，有的人就退席回家吃饭，饭后再回到会场，某老谈兴正浓。据说有一次博士生答辩会，规定开会时间为两个半小时，某老参加，一口气讲了两个小时，这个会会是什么结果，答辩委员会的主席会有什么想法和措施，他会怎样抓耳挠腮，坐立不安，概可想见了。

另一个例子是一位著名的敦煌画家。他年轻的时候，头脑清楚，并不喜欢说话。一进入老境，脾气大变，也许还有点老年痴呆症的原因，说话既多又不清楚。有一年，在北京国家图书馆新建的大礼堂中召开中国敦煌吐鲁番学会的年会，开幕式必须请此老讲话。我们都知道他有这个毛病，预先请他夫人准备了一个发言稿，简捷而扼要，塞入他的外衣口袋里，再三叮嘱他，念完就退席。然而，他一登上主席台就把此事忘得一干二净，摆开架子，开口讲话，听口气是想从开天辟地讲起，如果讲到那一天的会议，中间至少有三千年的距离，主席有点沉不住气了。我们连忙采取紧急措施，把他夫人请上台，从他口袋里掏出发言稿，让他照念，然后下台如仪，会议才得以顺利进行。

类似的例子还可以举出一些来，我不再举了。根据我个人的观察，不是每一个老人都有这个小毛病，有的人就没有。我说它是"小毛病"，其实并不小。试问，我上面举出的开会的例子，难道那还不会制造极为尴尬的局面吗？当然，话又说了回来，爱说长话的人并不限于老年，中青年都有，不过以老年为多而已。因此，我编了四句话，奉献给老人：年老之人，血气已衰；刹车失灵，戒之在说。

二忌：倚老卖老。50年代和60年代前期，中国政治生活还比较（我只说是"比较"）正常的时候，周恩来招待外宾后，有时候会把参加招待的中国同志在外宾走后留下来，谈一谈招待中有什么问题或纰漏，有点总结经验的意味。这时候刚才外宾在时严肃的场面一变而为轻松活泼，大家都争着发言，谈笑风生，有时候一直谈到深夜。

有一次，总理发言时使用了中国常见的"倚老卖老"这个词儿。翻译一时有点迟疑，不知道怎样恰如其分地译成英文。总理注意到了，于是在客人走后就留下中国同志，议论如何翻译好这个词儿。大家七嘴八舌，最终也没能得出满意的结论。我现在查了两部《汉英词典》，都把这个词儿译为 To take advantage of one's seniority or old age，意思是利用自己的年老，得到某一些好处，比如脱落形迹之类。我认为基本能令人满意的；但是"达到脱落形迹的目的"，似乎还太狭隘了一点，应该是"达到对自己有利的目的"。

人世间确实不乏"倚老卖老"的人，学者队伍中更为常见。眼前请大家自己去找。我讲点过去的事情，故事就出在清吴敬梓的《儒林外史》中。吴敬梓有刻画人物的天才，着墨不多，而能活灵活现。第十八回，他写了两个时文家。胡三公子请客：

四位走进书房，见上面席间先坐着两个人，方巾白须，大模大样，见四位进来，慢慢立起身。严贡生认得，便上前道："卫先生、随先生都在这里，我们公揖。"当下作过了揖，请诸位坐。那卫先生、随先生也不谦让，仍旧上席坐了。

倚老卖老，架子可谓十足。然而本领却并不怎么样，他们的诗，"且夫"、"尝谓"都写在内，其余也就是文章批语上采下来的几个字眼。一直到今天，倚老卖老，摆老架子的人大都如此。

平心而论，人老了，不能说是什么好事，老态龙钟，惹人厌恶；但也不能说是什么坏事。人一老，经验丰富，识多见广。他们的经验，有时会对个人，甚至对国家，有些用处的。但是，这种用处是必须经过事实证明的，自己一厢情愿地认为有用处，是不会取信于人的。另外，根据我个人的体验与观察，一个人，老年人当然也包括在里面，最不喜欢别人瞧不起他。一感觉到自己受了怠慢，心里便不是滋味，甚至怒从心头起，拂袖而去。有时闹得双方都不愉快，甚至结下怨仇。这是完全要不得的。一个人受不受人尊敬，完全取决于你有没有值得别人尊敬的地方。在这里，摆架子，倚老卖老，都是枉然的。

三忌：思想僵化。人一老，在生理上必然会老化；在心理上或思想上，就会僵化。此事理之所必然，不足为怪。要举典型，有鲁迅的九斤老太在。

从生理上来看，人的躯体是由血、肉、骨等物质的东西构成的，是物质的东西就必然要变化、老化，以至于消逝。生理的变化和老化必然影响心理或思想，这是无法抗御的。但是，变化、老化或僵化却因人而异，并不能一视同仁。有的人早，有的人晚；有的人快，有的人慢。所谓老年痴呆症，只是老化的一个表现形式。

空谈无补于事，试举一标本，加以剖析。远在天边，近在眼前，标本就是我自己。

我已届九旬高龄，古今中外的文人能活到这个年龄者只占极少数。我不相信这是由于什么天老爷、上帝或佛祖的庇佑，而是享了新社会的福。现在，我目虽不太明，但尚能见物；耳虽不太聪，但尚能闻声。看来距老年痴呆和八宝山还有一段距离，我也还没有这样的计划。

但是,思想僵化的迹象我也是有的。我的僵化同别人或许有点不同:它一半自然,一半人为;前者与他人共之,后者则为我所独有。

我不是九斤老太一党,我不但不认为"一代不如一代",而且确信"雏凤清于老凤声"。可是最近几年来,一批"新人类"或"新新人类"脱颖而出,他们好像是一批外星人,他们的思想和举止令我迷惑不解,惶恐不安。这算不算是自然的思想僵化呢?

至于人为的思想僵化,则多一半是一种逆反心理在作祟。就拿穿中山装来作例子。我留德十年,当然是穿西装的。解放以后,我仍然有时改着西装。可是改革开放以来,不知从哪吹来了一股风,一夜之间,西装遍布神州大地矣。我并不反对穿西装;但我不承认西装就是现代化的标志,而且打着领带锄地,我也觉得滑稽可笑。于是我自己就"僵化"起来,从此再不着西装,国内国外,大小典礼,我一律蓝色卡其布中山装一袭,以不变应万变矣。

还有一个"化",我不知道怎样称呼它。世界科技进步,一日千里,没有科技,国难以兴,事理至明,无待赘言。科技给人类带来的幸福,也是有目共睹的。但是,它带来了危害,也无法掩饰。世界各国现在都惊呼环保,环境污染难道不是科技发展带来的吗?犹有进者。我突然感觉到,科技好像是龙虎山张天师镇妖瓶中放出来的妖魔,一旦放出来,你就无法控制。只就克隆技术一端言之,将来能克隆人,指日可待。一旦实现,则人类社会迄今行之有效的法律准则和伦理规范,必遭破坏。将来的人类社会变成什么样的社会呢?我有点不寒而栗。这似乎不尽属于"僵化"范畴,但又似乎与之接近。

四忌：不服老。服老，《现代汉语词典》的解释："承认年老"，可谓简明扼要。人上了年纪，是一个客观事实，服老就是承认它，这是唯物主义的态度。反之，不承认，也就是不服老倒迹近唯心了。

中国古代的历史记载和古典小说中，不服老的例子不可胜数，尽人皆知，无须列举。但是，有一点我必须在这里指出来：古今论者大都为不服老唱赞歌，这有点失于偏颇，绝对地无条件地赞美不服老，有害无益。

空谈无补，举几个实例，包括我自己。

1949年春夏之交，解放军进城还不太久，忘记了是出于什么原因，毛泽东的老师徐特立约我在他下榻的翠明庄见面。我准时赶到，徐老当时年已过八旬，从楼上走下，卫兵想去扶他，他却不停地用胳膊肘捣卫兵的双手，一股不服老的劲头至今给我留下了难忘的印象。

再一个例子是北大20年代的教授陈翰笙先生。陈先生生于1896年，跨越了三个世纪，至今仍然健在。他晚年病目失明，但这丝毫也没有影响了他的活动，有会必到。有人去拜访他，他必把客人送到电梯门口。有时还会对客人伸一伸胳膊，踢一踢腿，表示自己有的是劲。前几年，每天还安排时间教青年英文，分文不取。这样的不服老我是钦佩的。

也有人过于服老。年不到五十，就不敢吃蛋黄和动物内脏，怕胆固醇增高。这样的超前服老，我是不敢钦佩的。

至于我自己，我先讲一段经历。是在1995年，当时我已经达到了八十四岁高龄。然而我却丝毫没有感觉到，不知老之已至，正处在平生写作的第二个高峰中。每天跑一趟北大图书馆，几达两年之久,风雪无阻。我已经有点忘乎所以了。一天早晨,我照例四点半起床,到东边那一单元书房中去写作。一转瞬间,肚子里向我发出信号:该填一填它了。一看表,已经六点多了。于是我放下笔,准备回西房吃早点。可是不知是谁把门从外面锁上了,里面开不开。我大为吃惊,回头看到封了顶的阳台上有一扇玻璃窗可以打开。我于是不假思索,立即开窗跳出,从窗口到地面约有一米八高。我一堕地就跌了一个大马趴,脚后跟有点痛。旁边就是洋灰台阶的角,如果脑袋碰上,后果真不堪设想,我后怕起来了。我当天上下午都开了会,第二天又长驱数百里到天津南开大学去做报告。脚已经肿了起来。第三天,到校医院去检查,左脚跟有点破裂。

我这样的不服老,是昏聩糊涂的不服老,是绝对要不得的。

我在上面讲了不服老的可怕,也讲到了超前服老的可笑。然则何去何从呢?我认为,在战略上要不服老,在战术上要服老,二者结合,庶几近之。

五忌:无所事事。这是一个比较复杂的问题,必须细致地加以分析,区别对待,不能一概而论。

达官显宦,在退出政治舞台之后,幽居府邸,"庭院深深深几许",我辈槛外人无法窥知,他们是无所事事呢,还是有所事事,无从谈起,姑存而不论。

富商大贾,一旦钱赚够了,年纪老了,把事业交给儿子、女儿或女婿,他们是怎样度过晚年的,我们也不得而知,我们能知道的只是钞票不能拿来炒着吃。这也姑且存而不论。

说来说去,我所能够知道的只是工农和知识分子这些平头老百姓。中国古人说:"一事不知,儒者之耻。"今天,我这个"儒者"

却无论如何也没有胆量说这样的大话。我只能安分守己，夹起尾巴来做人，老老实实地只谈论老百姓的无所事事。

我曾到过承德，就住在避暑山庄对面的一旅馆里。每天清晨出门散步，总会看到一群老人，手提鸟笼，把笼子挂在树枝上，自己则分坐在山庄门前的石头上，"闲坐说玄宗"。一打听，才知道他们多是旗人，先人是守卫山庄的八旗兵，而今老了，无所事事，只有提鸟笼子。试思：他们除了提鸟笼子外还能干什么呢？他们这种无所事事，不必深究。

北大也有一批退休的老工人，每日以提鸟笼为业。过去他们常聚集在我住房附近的一座石桥上，鸟笼也是挂在树枝上，笼内鸟儿放声高歌，清脆嘹亮。我走过时，也禁不住驻足谛听，闻而乐之。这一群工人也可以说是无所事事，然而他们又怎样能有所事事呢？

现在我只能谈我自己也是其中一分子，因而我是最了解情况的知识分子。国家给年老的知识分子规定了退休年龄，这是合情合理的，应该感激的。但是，知识分子行当不同，身体条件也不相同。是否能做到老有所为，完全取决于自己，不取决于政府。自然科学和技术，我不懂，不敢瞎说。至于人文社会科学，则我是颇为熟悉的。一般说来，社会科学的研究不靠天才火花一时的迸发，而靠长期积累。一个人到了六十多岁退休的关头，往往正是知识积累和资料积累达到炉火纯青的时候。一旦退下，对国家和个人都是一个损失。有进取心有干劲者，可能还会继续干下去的。可是大多数人则无所事事。我在南北几个大学中都听到了有关"散步教授"的说法，就是一个退休教授天天在校园里溜达，成了全校著名的人物。我没同"散步教授"谈过话，不知道他们是怎样想的。估计他们也不会

215

很舒服。锻炼身体,未可厚非。但是,整天这样"锻炼",不也太乏味、太单调了吗?学海无涯,何妨再跳进去游泳一番,再扎上两个猛子,不也会身心两健吗?蒙田说得好:"如果不让大脑有事可做,有所制约,它就会在想象的旷野里驰骋,有时就会迷失方向。"

六忌:提当年勇。

我做了一个梦。我驾着祥云或别的什么云,飞上了天宫,在凌霄宝殿多功能厅里,参加了一个务虚会。第一个发言的是项羽。他历数早年指挥雄师数十万,横行天下,各路诸侯皆俯首称臣,他是诸侯盟主,颐指气使,没有敢违抗者。鸿门设宴,吓得刘邦像一只小耗子一般。说到尽兴处,手舞足蹈,唾沫星子乱溅。这时忽然站起来了一位天神,问项羽:四面楚歌,乌江自刎是怎么一回事呀?项羽立即垂下了脑袋,仿佛是一个泄了气的皮球。

第二个发言的是吕布,他手握方天画戟,英气逼人。他放言高论,大肆吹嘘自己怎样戏貂蝉,杀董卓,为天下人民除害;虎牢关力敌刘、关、张三将,天下无敌。正吹得眉飞色舞,一名神仙忽然高声打断了他的发言:"白门楼上向曹操下跪,恳求饶命,大耳贼刘备一句话就断送了你的性命,是怎么一回事呢?"吕布面色立变,流满了汗,立即下台,像一只斗败了的公鸡。

第三个发言的是关羽。他久处天宫,大地上到处都有关帝庙,房子多得住不过来。他威仪俨然,放不下神架子。但发言时,一谈到过五关斩六将,用青龙偃月刀挑起曹操捧上的战袍时,便不禁圆睁丹凤眼,猛抖卧蚕眉,兴致淋漓,令人肃然。但是又忽然站起了一位天官,问道:"夜走麦城是怎么一回事呢?"关公立即放下神架子,神色仓皇,脸上是否发红,不得而知,因为他的脸本来就是红的。他跳下讲台,在天宫里演了一出夜走麦城。

我听来听去,实在厌了,便连忙驾祥云回到大地上,正巧落在绍兴,又正巧阿Q被小D抓住辫子往墙上猛撞,阿Q大呼:"我从前比你阔得多了!"可是小D并不买账。

谁一看都能知道,我的梦是假的。但是,在芸芸众生中,特别是在老年中,确有一些人靠自夸当年勇来过日子。我认为,这也算是一种自然现象。争胜好强也许是人类的一种本能。但一旦年老,争胜有心,好强无力,便难免产生一种自卑情结。可又不甘心自卑,于是只有自夸当年勇一途,可以聊以自慰。对于这种情况,别人是爱莫能助的。"解铃还须系铃人",只有自己随时警惕。

现在有一些得了世界冠军的运动员有一句口头禅:从零开始。意思是,不管冠军或金牌多么灿烂辉煌,一旦到手,即成过去,从现在起又要从零开始了。

我觉得,从零开始是唯一正确的想法。

七忌:自我封闭。这里专讲知识分子,别的界我不清楚。但是,行文时也难免涉及社会其他阶层。

中国古人说:"人生识字忧患始。"其实不识字也有忧患。道家说,万物方生方死。人从生下的一刹那开始,死亡的历程也就开始了。这个历程可长可短,长可能到一百年或者更长,短则几个小时,几天,少年夭折者有之,英年早逝者有之,中年弃世者有之,好不容易,跌跌撞撞,坎坎坷坷,熬到了老年,早已心力交瘁了。

能活到老年,是一种幸福,但也是一种灾难。并不是每一个人都能活到老年,所以说是幸福。但是老年又有老年的难处,所以说是灾难。

老年人最常见的现象或者灾难是自我封闭。封闭，有行动上的封闭，有思想感情上的封闭，形式和程度又因人而异。老年人有事理广达者，有事理欠通达者。前者比较能认清宇宙万物以及人类社会发展的规律，了解到事物的改变是绝对的，不变是相对的，千万不要要求事物永恒不变。后者则相反，他们要求事物永恒不变；即使变，也是越变越坏，上面讲到的九斤老太就属于此类人。这一类人，即使仍然活跃在人群中，但在思想感情方面他们却把自己严密地封闭起来了。这是最常见的一种自我封闭的形式。

空言无益，试举几个例子。

我在高中读书时，有一位教经学的老师，是前清的秀才或举人。"五经"和"四书"背得滚瓜烂熟，据说还能倒背如流。他教我们《书经》和《诗经》，从来不带课本，业务是非常熟练的。

可学生并不喜欢他。因为他张口闭口："我们大清国怎样怎样。"学生就给他起了一个诨名"大清国"，他真实的姓名反隐而不彰了。我们认为他是老顽固，他认为我们是新叛逆。我们中间不是代沟，而是万丈深渊，是他把自己完全封闭起来了。

再举一个例子。我有一位老友，写过新诗，填过旧词，毕生研究中国文学史，都达到了相当高的水平。他为人随和，性格开朗，并没有什么乖僻之处。可是，到了最近几年，突然产生了自我封闭的现象，不参加外面的会，不大愿意见人，自己一个人在家里高声唱歌。我曾几次以老友的身份，劝他出来活动活动，他都婉言拒绝。他心里是怎样想的，至今对我还是一个谜。

我认为，老年人不管有什么形式的自我封闭现象，都是对个人健康不利的。我奉劝普天下老年人力矫此弊。同青年人在一起，即使是"新新人类"吧，他们身上的活力总会感染老年人的。

八忌：叹老嗟贫。叹老嗟贫，在中国的读书人中，是常见的现象，特别是所谓怀才不遇的人们中，更是特别突出。我们读古代诗文，这样的内容随时可见。在现代的知识分子中，这样的现象比较少见了，难道这也是中国知识分子进化或进步的一种表现吗？

我认为，这是一个十分值得研究的课题。它是中国知识分子学和中西知识分子比较学的重要内容。

我为什么又拉扯上了西方知识分子呢？因为他们与中国的不同，是现成的参照系。

西方的社会伦理道德标准同中国不同，实用主义色彩极浓。一个人对社会有能力作贡献，社会就尊重你。一旦人老珠黄，对社会没有用了，社会就丢弃你，包括自己的子孙也照样丢弃了你，社会舆论不以为忤。当年我在德国哥廷根时，章士钊的夫人也同儿子住在那里，租了一家德国人的三楼居住。我去看望章伯母时，走过二楼，经常看到一间小屋关着门，门外地上摆着一碗饭，一丝热气也没有。我最初认为是喂猫或喂狗用的。后来一打听，才知道是给小屋内卧病不起的母亲准备的饭菜。同时，房东还养了一条大狼狗，一天要吃一斤牛肉。这种天上人间的情况无人非议，连躺在小屋内病床上的老太太大概也会认为所有这一切都是顺理成章的吧。

在这种狭隘的实用主义大潮中，西方的诗人和学者极少极少写叹老嗟贫的诗文。同中国比起来，简直不成比例。

在中国，情况则大大地不同。中国知识分子一向有"学而优则仕"的传统。过去一千多年以来，仕的途径只有一条，就是科举。"千军万马过独木桥"，所有的读书人都拥挤在这一条路上，从秀才一举人向上爬，爬到进士参加殿试，僧多粥少，极少数极幸运者可以爬完全程，"仕宦而至将相，富贵而归故乡"，达到这个目的万中难得一人。大家只要读一读《儒林外史》，便一目了然。在这样的情况下，倘若科举不利，老而又贫，除了叹老嗟贫以外，实在无路可走了。古人说："诗必穷而后工"，其中"穷"字也有科举不利这个含义。古代大官很少有好诗文传世，其原因实在耐人寻味。

今天，时代变了。但是"学而优则仕"的幽灵未泯，学士、硕士、博士、院士代替了秀才、举人、进士、状元。骨子里并没有大变。在当今知识分子中，一旦有了点成就，便立即披上一顶乌纱帽，这现象难道还少见吗？

今天的中国社会已能跟上世界潮流，但是，封建思想的残余还不容忽视。我们都要加以警惕。

九忌：老想到死。好生恶死，为所有生物之本能。我们只能加以尊重，不能妄加评论。

作为万物之灵的人，更是不能例外。俗话说："黄泉路上无老少。"可是人一到了老年，特别是耄耋之年，离那个长满了野百合花的地方越来越近了，此时常想到死，更是非常自然的。

今人如此，古人何独不然！中国古代的文学家、思想家、骚人、墨客大都关心生死问题。根据我个人的思考，各个时代是颇不相同的。两晋南北朝时期似乎更为关注。粗略地划分一下，可以分为三派。第一派对死十分恐惧，而且敢于十分坦荡地说了出来。这一派可以江淹为代表。他的《恨赋》一开头就说："试望平原，蔓草萦骨，拱木敛魂。人生到此，天道宁论。"最后几句话是："自古皆有死，莫不饮恨而吞声。"话说得再清楚不过了。

第二派可以"竹林七贤"为代表。《世说新语·任诞等二十三》第一条就讲到阮籍、嵇康、山涛、刘伶、阮咸、向秀和王戎"常集于竹林之中，肆意酣畅"，这是一群酒徒。其中最著名的刘伶命人荷锹跟着他，说："死便埋我！"对死看得十分豁达。实际上，情况正相反，他们怕死怕得发抖，聊作姿态以自欺欺人耳。其中当然还有逃避残酷的政治迫害的用意。

第三派可以陶渊明为代表。他的意见具见他的诗《神释》中。诗中有这样的话："老少同一死，贤愚无复数。日醉或能忘，将非促龄具！立善常所欣，谁当为此举？甚念伤吾生，正宜委运去。纵浪大化中，不喜亦不惧。应尽便须尽，无复独多虑。"他反对酗酒麻醉自己，也反对常想到死。我认为，这是最正确的态度。最后四句诗成了我的座右铭。

我在上面已经说到，老年人想到死，是非常自然的。关键是：想到以后，自己抱什么态度。惶惶不可终日，甚至饮恨吞声，是最要不得的，这样必将成陶渊明所说的"促龄具"。最正确的态度是顺其自然，泰然处之。

鲁迅不到五十岁，就写了有关死的文章。王国维则说："五十之年，只欠一死。"结果投了昆明湖。我之所以能泰然处之，有我的特殊原因。"十年浩劫"中，我已走到过死亡的边缘上，一个千钧一发的偶然性救了我。从那以后，多活一天，我都认为是多赚的。因此就比较能对死从容对待了。

我在这里诚挚奉劝普天之下的年老又通达事情的人，偶尔想一下死，是可以的；但不必老想。我希望大家都像我一样，以陶渊明《神释》诗最后四句为座右铭。

十忌：愤世嫉俗。愤世嫉俗这个现象，没有时代的限制，也没有年龄的限制。古今皆有，老少具备，但以年纪大的人为多。它对人的心理和生理都会有很大的危害，也不利于社会的安定团结。

世事发生必有其因。愤世嫉俗的产生也自有其原因。归纳起来，约有以下诸端：

首先，自古以来，任何时代，任何朝代，能完全满足人民大众的愿望者，绝对没有。不管汉代的文景之治怎样美妙，唐代的贞观之治和开元之治怎样理想，宫廷都难免腐败，官吏都难免贪污，百姓就因而难免不满，其尤甚者就是愤世嫉俗。

其次，"学而优则仕"达不到目的，特别是科举时代名落孙山者，人不在少数，必然愤世嫉俗。这在中国古代小说中可以找出不少的典型。

再次，古今中外都不缺少自命天才的人。有的真有点天才或者才干，有的则只是个人妄想，但是别人偏不买账，于是就愤世嫉俗。其尤甚者，如西方的尼采要"重新估定一切价值"，又如中国的徐文长。结果无法满足，只好自己发了疯。

最后，也是最常见的，对社会变化的迅猛跟不上，对新生事物看不顺眼，是九斤老太一党；九斤老太不识字，只会说"一代不如一代"，识字的知识分子，特别是老年人，便表现为愤世嫉俗，牢骚满腹。

以上只是一个大体的轮廓，不足为据。

在中国文学史上，愤世嫉俗的传统，由来已久。《楚辞》的"黄钟毁弃，瓦釜雷鸣"等语就是最早的证据之一。以后历代的文人多有愤世嫉俗之作，形成了知识分子性格上的一大特点。

我也算是一个知识分子，姑以我自己为麻雀，加以剖析。愤世嫉俗的情绪和言论，我也是有的。但是，我又有我自己的表现方式。我往往不是看到社会上的一些不正常现象而牢骚满腹，怪话连篇，而是迷惑不解，惶恐不安。我曾写文章赞美过代沟，说代沟是人类进步的象征。这是我真实的想法。可是到了目前，我自己也傻了眼，横亘在我眼前的像我这样老一代人和一些"新人类"、"新新人类"之间的代沟，突然显得其阔无限，其深无底，简直无法逾越了，仿佛把人类历史断成了两截。我感到恐慌，我不知道这样发展下去将伊于胡底。我个人认为，这也是愤世嫉俗的一种表现形式，是要不得的；可我一时又改变不过来，为之奈何！

我不知道，与我想法相同或者相似的有没有人在，有的话，究竟有多少人。我想来想去，觉得还是毛泽东的两句诗好："牢骚太盛防肠断，风物常宜放眼量。"

2000 年 2 月 22 日写毕

长生不老

长生不老,过去中国历史上,颇有一些人追求这个境界。那些炼丹服食的老道们不就是想"丹成入九天"吗?结果却是"服食求神仙,多为药所误",最终还是翘了辫子。

最积极的应该数那些皇帝老爷子。他们骑在人民头上,作威作福,后宫里还有佳丽三千,他们能舍得离开这个世界吗?于是千方百计,寻求长生不老之术。最著名的有秦皇、汉武、唐宗、宋祖——这后一位情况不明,为了凑韵,把他拉上了——最后都还是宫车晚出,龙驭上宾了。

我常想,现代人大概不会再相信长生不老了。然而,前几天阅报说,有的科学家正在致力于长生不老的研究。我心中立刻一闪念:假如我晚生80年,现在年龄9岁,说不定还能赶上科学家们研究成功,我能分享一份。但我立刻又一闪念,觉得自己十分可笑。自己不是标榜豁达吗?"应尽便须尽,无复独多虑。"原来那是自欺欺人。老百姓说"好死不如赖活着",我自己也属于"赖"字派。

我有时候认为,造化小儿创造出人类来,实在是多此一举。如果没有人类,世界要比现在安静祥和得多了。可造化小儿也立了一功：他不让人长生不老。否则，如果人人都长生不老，我们今天会同孔老夫子坐在一条板凳上，在长安大戏院里欣赏全本的《四郎探母》，那是多么可笑而不可思议的情景啊！我继而又一想，如果5000年来人人都不死，小小的地球上早就承担不了了。所以我们又应该感谢造化小儿。

在对待生命问题上，中国人与印度人迥乎不同。中国人希望转生，连唐明皇和杨贵妃不也是希望"生生世世为夫妻"吗？印度人则在笃信轮回转生之余，努力寻求跳出轮回的办法。以佛教而论，小乘终身苦修，目的是想达到涅槃。大乘顿悟成佛，目的也无非是想达到涅槃。涅槃者，圆融清静之谓，这个字的原意就是"终止"，终止者，跳出轮回不再转生也。中印两国人民的心态，在对待生死大事方面，是完全不同的。

据我个人的看法，人一死就是涅槃，不用你苦苦去追求。那种追求是"可怜无补费工夫"。在亿万年地球存在的期间，一个人只能有一次生命。这一次生命是万分难得的。我们每一个人都必须认识到这一点，切不可掉以轻心。尽管人的寿夭不同，这是人们自己无能为力的。不管寿长寿短，都要尽力实现这仅有的一次生命的价值。多体会"民胞物与"的意义，使人类和动植物都能在仅有的一生中过得愉快，过得幸福，过得美满，过得祥和。

2000年10月7日